波瀾万丈の明治小説

杉原志啓

論創社

目次

第一章　波瀾万丈自伝小説
徳富蘆花『思出の記』
明治三十四年

序にかえて

明治の文学なんて古くさい、カビくさい、ムツカシイ……。とんでもない！　ご承知のとおりこのジャンル、いまや概説書やあらすじ本だらけなんだが、きくとみるとでは大違い。実際に手にとってみたらば、読んでびっくりみて感激、こんなにワクワクおもしろい「物語」だらけだったなんて。ということで、これからわたしは、書名だけは知られているんだが、実はほとんど読まれていない（その意味で忘れ去られたといってよい）、主として小説作品に区分される近代日本の「物語」のおもしろさを語ってみたい。ただし、プロローグとしてまずは、わたし自身が突然雷鳴にでもうたれたごとくこの種の「物語」にはまってしまった一作と遭遇のスケッチからはじめようとおもう。

昭和の末期で、江戸時代幕末と明治の思想書や歴史書を読みあさっていたころだった。往時わたしの本読みのテーマは、歴史家としての徳富蘇峰。

その蘇峰、ごぞんじのとおりタイヘンな多作家である。なにしろ、そのライフワークともいうべき『近世日本国民史』だけでも優に百巻を数えるが、それ以外に単行本として刊行されたものが二百冊超となる。だからテキストの蒐集にもそれなりの時間がかかって、ある程度、その中身をおさえてから、ようやく関連本へ手をつけるようになったのだった。

明治のベストセラー作家で、たぶん一般にはその蘇峰よりも有名だろうかれの実弟、蘆花（徳富健次郎）の著作へ接するようになったのも、このプロセスである。さしあたって購読したのは、たとえば戦前の改造社版『徳富蘆花集』（一九二八年）とか、オリジナル版では福永書店から出た四巻本の自伝小説『富士』（同）なんかがその一例だった（どれも驚くほど安い古書価格だったのを憶えている）。

そのなかでいまも心ときめく初恋みたいに、いや、たしかにある種の強烈な「初恋」として絶対に忘れられないのが、やはり戦前刊行の新潮社製本、蘆花全集刊行会版『蘆花全集』（一九二八〜三〇年。これも全二十巻のワンセット一万円もしなかった！）第六巻収録のヴァージョンで一読した『思出の記』となる。

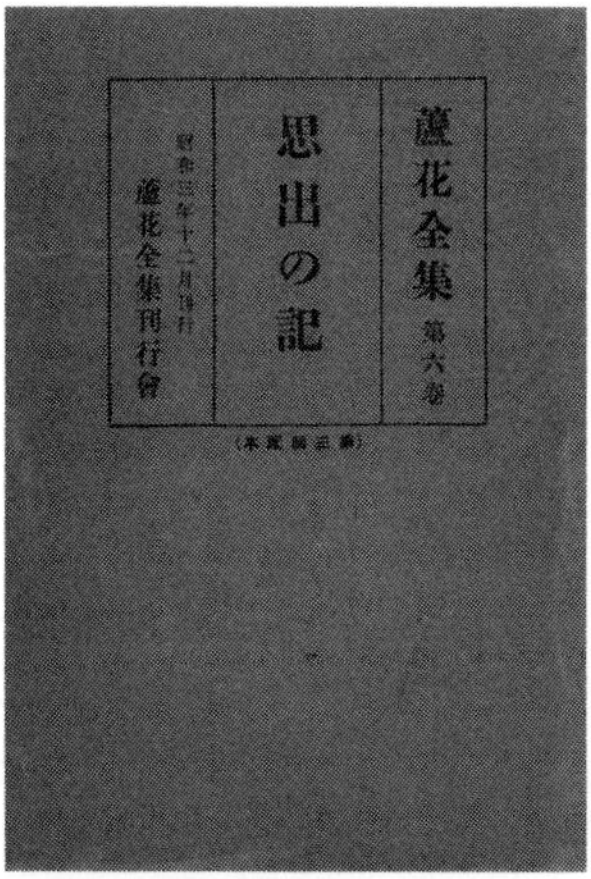

徳富蘆花『蘆花全集』第六巻、新潮社・蘆花全集刊行会、1928 年

手がとまらない小説！

どんなしだいで、というとそもそもおよそ蘆花の本は蘇峰を知るためで、むろんそれなりに役には立ったけれど、当初はそれだけのこと。ところがこれ、なぜかのっけからまったく別物だった。いきなり引き入れられるようにおもしろい。かねて愛読の松本

清張の小説でも読んでいるときのように、頁を繰る手がとまらない。しばしば、できのよい定型フォルムのロッカ・バラード音楽でも耳にしているときみたいに泣けてきたりもする。それこそ大団円のエンディングのあたりなど、イイ年をした大の男がオイオイとだ。

われしらず、菊池慎太郎という「物語」の主人公へすっかり感情移入していたのだった。いまその巻を手にとってみれば、目頭がいたくかすんだあたりは、アチコチにびっくりマークがついている。ついでにその先の奥付の最終頁を開くと、余白へ鉛筆で読了した日付に「何年ぶりか！　楽、楽、楽。☆小説、小説、小説。」なんて記されてもいる。

むろん大ヒット文学なんだから読ませる名品ではあったんだろう。だがこれは、歴史小説でもなければ冒険活劇でもミステリーでもない。古めかしくも日本的な青春小説であり、まことに明治的なクラシック・ブックのひとつである。それを終始新鮮な感嘆と愉悦をもって読了できたのだ。氷が割れたとでもいうのか、これで、それまでなんとなく教科書で習うものくらいに考えていた、わたしの近代文学への偏見も吹き飛んだようにもおもえ、ほとんど小踊りしたかったほど。『思出の記』はつまり、わたしにとって明治の「物語」の福音というか、記念すべきマイルストーンとなったのである。

さて、ならばこの「物語」、いったいどんなところが、またどんなわけでそんなにおもしろかったか。蘆花の生い立ちや文学的業績の詳細は、あらためて採りあげるつもりの『不如帰《ほととぎす》』の項へ譲るとして、以下そのことをのべてみる。ただしそのまえに、書誌的なこともちょっと。

『思出の記』の初出は、蘆花の兄蘇峰経営の『国民新聞』で、明治三十三（一九〇〇）年三月から連載開始。いくどか休載があったものの、翌年三月に完結している。それからほぼ二カ月後、やはり蘇峰主宰の民友社より単行本となっている（なお、新聞連載時のタイトルは「おもひでの記」で、『思出の記』は刊本化のさいに改題されたもの）。以後たちまち増刷また増刷の連続で、蘆花が亡くなる昭和二（一九二七）年には「百四十五版！」を重ねていたというんだから、たしかに時代のロングヒット・ノベルといってよい。

執筆が開始されたのは、蘆花が満三十一歳のときで、わたしがこの「物語」の強烈なインパクトで間髪を入れず飛びついた前年刊行の『不如帰』の好評および大ヒット直後のこと。よって、新進作家として文名赤マル急上昇のころに発表の作品ともいえる。

ついでに、作者におけるこの「物語」の着想と創作の淵源についてもふれておこう。この点は、後年蘆花が『思出の記』と異なる、ほとんど告白小説的な自伝『富士』（一九二八〜三〇年）の第二巻でこんなふうに語っている。すなわち、菊池慎太郎ならぬ「熊次」を作中のナレーターとして、「作家が世に認められて自信が裏書きされると、必ず自己を語る、といふ常例に漏れず、熊次は自己のあるものを語るべく『思出の記』を書いた。（中略）熊次は自己のあるものを遊離させ、兄のあるものを取り入れ、人物事物さまゞの思出の上澄みを軽くすくひ上げて、気軽に面白い読物を作つた」。

実際、蘆花（熊次）がここで『思出の記』を「面白い読物」と語っているのは、まことにしかりというものだろう。というのも、あらかじめわたしのこの「物語」に痺れまくった要因のひとつをのべておくと、実にその「読物」という一語に集約されるんだから。

語りの妙と自然の美

ではつぎに、一の巻から十の巻（プラス、プロローグにあたる「巻外」）の章立てのうち、こちらがたちまち発熱没入のオープニングの「一の巻」にスポットをあて、そのナラティヴの特徴をみておこう。

主人公は、上述のとおり蘆花その人を擬した明治元（一八六八）年生まれの菊池慎太郎。生地も作者そのままで九州中部（肥後）なんだが、地名は妻籠《つまごめ》という架空の町になっている。一人っ子に設定のかれの家は、水のきれいな地方なので造り酒屋をやっている豪家とあるが、これがしかし、父親の親戚への連帯保証のハンコがもとで破産。しかもほどなくその父が失意のうちに亡くなってしまう。

回想譚スタイルの「物語」は、劈頭《へきとう》、慎太郎の「吾」というものが頭にぼんやりと宿った十一歳の年からはじまっている。そのころのことで思い出すのは、いつだって故郷妻籠の景色で、ことに東に一峰孤立してそびえる「高鞍山」や水の清さと稲の美しさだ。すなわち、「実に見せたいですよ。蛙の声を踏分けて一村総出の田植時、早乙女の白手拭いがひらり〳〵と風に靡いて、畦に田植歌の流るゝ頃の賑合を」という具合で。

それから「高鞍山の頂辺と思ふあたりからすばらしい虹の立つ」炎天下の夕立、田川の「実に氷と冷たく、玉と澄んで居る」水も忘れられない。つまり「四方の山から源泉滾々《こんこん》として絶えず湧出づる清水は、縦横に小さな流れをなして、鮎はしる二つの川に落ち合ふ。何處に行っても、潺湲《せんかん》、淙々《そうそう》、洒々《しゃしゃ》、滾々の音が聞える」ことで、だから「今でも夏になると、僕は一入故郷を忍ぶ」と、このように初手から自然に感情を与えてうたいあげるような蘆花得意の筆致である。

しかしいつまでも花と清水を見て暮らす世ではない。山を売り、田を売り、道具を売り、酒造をやめ、雇人を減らす一家破産という「カタストロフイ」に見舞われたからであった。明治六年の征韓論の破裂いらい世はとかく物騒になり、佐賀秋月の乱、神風連の暴挙、それよりも恐ろしかった明治十年の乱のころまで幸福だったという慎太郎は、かく嘆く。

何がつらいといって「零落」ほどつらいものはない。東京みたいに人が桶のなかの芋のごとくいればまだしも、田舎では実にたまらない。「昨日迄は、隣の梅の花を折つても、『坊ちやま、御危なふ御座います、私が折つて上げませう』と云はれたのが、今日は『何処《どこ》の餓鬼だ、人の麦畑歩いてるなあ?』と怒鳴られる」。「坊ちやま」「慎さま」とかはやしたてていた裏の田小作の小倅までもが「慎公」とか「菊池」とか呼び捨てにする。もがいても、あがいても、田舎は深い井戸のようなもので、一度落ちたら容易に上がれない。

おまけに、その井戸へ転落のわが家へ、金満家の無血無情の叔父が乗り込んできて、亡き父の家屋敷も乗っ取られ、村人の有意無意の迫害もいっそうとなる。それで、ずっと小学校イチの成績優秀者だった慎太郎は、いまでいう不登校となり、だんだんグレだす。かくてやはり豪家出の気丈の母が、短刀片手に家代々の墓場へかれを引っ張りだし、おまえのいまの様は何だ、水呑み百姓と遊んで、水呑み百姓になって、一生腐って死ぬつもりか。ならば母も死ぬから、おまえもご先祖の墓前にこの刀で「死なんか」と叫ぶかの芝居がかった張扇《はりおおぎ》の説教シーンとなるんだが、この段、あまりに有名なんで（とおもう）、割愛。

他方で、迫害するものがあれば、「零落」した後も一家を慕う例外もある。家を乗っ取った叔父の娘で、没落以前は大の仲良しだった一歳年下の「芳ちゃん」が、そのひとり。慎太郎の生まれたときから「老牛が犢《こうし》を舐《なめ》るが如くに」愛してくれた、黒痘痕《あばた》顔の二十年来の下女お重もそのひとりである。なにしろ、大勢の雇人へ破産で給金が支払えんと暇を出したおり、「旦那様あ此重を畜生と思つておいでなさるか」と生まれて初めて怒り出し、ほとんど腕力で踏みとどまった下女だ。また、慎太郎が大好きな新吾という炭馬引きの若者もそれである。この新吾は変わり者で、山道の炭焼きの往来に論語を懐中して「子曰《しのたまわく》」を誦しつつ、毎度生椎茸や蕨、自然諸《じねんじょ》を手土産にやってきては、慎太郎へいつもいつも口にする。「坊ちやん、エライ人に御なんなさい、御なんなさい、なアに人が如何したつて構うもんか、エライひとになつて皆にお辞儀させて御遣んなさい」

と、ここまでふり返っただけで、わたしはかつての初読のときとまったく同じく、なんだかパチパチ目をしばたたきたくなる。イヤハヤ明治だなあとため息をつく。それがさらに「一の巻」のラスト近くになると――つまり、母子がやむなく熊本を想わせる「城下市」郊外の手を差し伸べてくれた伯父のもとへ旅立つ場面にいたると、もっと眼前がかすんでしまう。

すなわち、明治十二年四月、故郷を逐われた当日早朝に見送るのは、下女のお重や新吾ら右のほんの数人。もとより泣きの涙のお重、無理にも「城下」まで二人を送るとはやくから門前で待っていた馬引きの新吾である。

門から五、六歩も行くと、後方から手をふってくる者がある。縁寺の延年寺の和尚で、急いで馬をおりようとする母を押しとどめ、

「其まゝ、其まゝ、道途《かどで》には極上といふ日和じやな。はい、はい、承知しました（此は父の一周忌と石塔建立の事であつたと思ふ）随分気を御つけなさい。愚禿《わし》もまたちよく〳〵出て行きます。慎公《しんこう》、（和尚常に僕を慎公の、やれ小坊主のと云つた）エラクなつて来なさい。愚禿は死なずに待つて居るぞ。はゝゝゝ――さ、御出なさい、愚禿は此れで御面蒙る」。

そして慎太郎が、ヘンな和尚様だ、自分のいうことだけいってさっさと帰っていくなんてと首を傾げているうちに、そろそろと馬は歩き出す。鈴がちゃらちゃらと鳴ってくる。村にはまだ白い靄が残っているけれど、空にはもう雲雀《ひばり》が鳴いている。道々の麦畑の畔では、蓮華草を押し分けて、さながら「慎ちやま、左様なら、左様なら」というように聞こえる。どんどん人家が絶え、さらに広い麦畑へ入る。そこを行きつくと駄菓子や草鞋などを売る一軒茶屋があり、近づくとふいとそこから少女が……仲良しだった「芳ちゃん」が走りだしてくる。

ハッとする慎太郎は、それからあとのことはよく憶えていない。新吾が芳ちゃんを馬上の母のもとへ乗せると、だしぬけに母へ抱きつき泣きだしたこと。母が挿していた櫛を思案げに「芳ちゃんが大きくなつてから」といってその懐へ入れてやり、ほろり涙をこぼしたこと。茶屋を過ぎて山の坂道へ入り、遠くの後方から「奥さま、慎ちやま……」涙まじりの幾人かの声が切れぎれに呼んでいたことなんかが、ぼんやりと浮かぶだけ。胸中かれはおもう。「此方《こっち》が見えたのであらう。あゝ小さな姿が見える。芳ちやんであらう。僕の眼は涙に曇つて来た。故郷は宛《さ》がら霧がかゝつた様に朦朧となつてしまふ」

こんなことになるとは夢にもおもわなかった、と母が独言のように呟くのはそのときだ。慎太郎はついに、たまらずその涙の顔を母の胸にすりつけていう。「阿母《おっかさん》、堪忍して下さい、屹度《きっと》私が勉強して、阿母をまた駕籠に乗せて此処に来ます」

母はひしと少年のかれを抱き、新吾がだしぬけに「慎ちやま、よく云いんさつた。何有《なあに》、何有——好日《ええ》和ぢやござんせんか、御覧なさい。高鞍山が」。

とまあ、かくのごとくにして「一の巻」の段はピリオドを打つんだが、どうであろう。

古風は古びない

ここからさきのながい「物語」の展開も、別段ひねたところはほとんどなく、全編まるでこんな講談か新派劇の書割りみたいな波瀾万丈の立身（成功）譚となっている。しかもそれは、右にみてきた一片のように文章というより、なにか清らかな音楽を想わせる。それだからこの調べにふれる者は、ときにうっとりと酔い、またときに粛然としてわれを忘れて泣く。

実際、わたしを明治の「物語」へ一発で覚醒させた『思出の記』は、「二の巻」からもかく自然において叙事を、人事において叙情を描き、そのいずれにも「読物」的ロマンをそえている。青春の向上心に彩られた荆棘《けいきょく》の径を美しくドラマチックに奏でている。しかもまた、その背景には時代の転変躍動も塗り込められて、若い明治の健全すぎるほど健全な息吹をたぎらせている。明治という世代の言葉を語り、思想を考え、「都鄙《とひ》」それぞれの生活を活写している。

そういえば、定評ある中野好夫の蘆花伝もいう。この作品は、日本の小説には数すくないビルドゥングス・ロマンであって、その意味で「恒久的意義」があり、後年の蘆花の自伝ものよりも「むしろある特定の時代にたしかに見られた青年像の一典型として定着させた点に、その成功があったとしてよかろう」と。そして中野は、こうものべている。流行好尚の変化や時代思想、小説手法の変遷もあってやむをえないんだろうが、この「物語」に「今日の若い読者諸君たちが、どこまで共感できるか、疑問である」（中野好夫『蘆花徳富健次郎』第二部、一九七二年）。

なるほどいかにもといえるかもしれない。わたしはしかし、この評文の結語にはハイそうですかと首肯できない。ゼンゼン了解しない。若かったころ（といっても三十代だったが）はじめて読んだ『思出の記』の感激について、当時つけていた古書購読ノートへ「古風は古びない、健全は美しい」

そう書きつけ、いまもそう確信しているからである。

余談ながら、ここであらかじめ読者の参考に。とかく和暦、元号というのはわかりにくい。明治は一八六八年から一九一二年、大正は一九一二年から一九二六年、昭和が一九二六年から一九八九年、平成が一九八九年から現在に続く。重なっているのは天皇が必ず一二月末日に亡くなるのではないからだ。

本書は明治文学を対象としているので、とりわけ明治については元号を示すようにする。そのため、ここに明治から現在までの西暦との換算方法を記しておく。明治には六十七を足すと西暦。つまり明治三年は一八七〇年である。また、大正には十一を足し、昭和に二十五を足す。平成は十二を引くと西暦である。西暦を元号にするには、その逆を計算すればいい。とりあえず、明治の「六十七」を頭に入れて、本書をお読みいただきたい。

第二章　悲恋と人情で権力崩壊

泉鏡花『婦系図』
明治四十年

泉鏡花という人

以前、五、六年だったろうか、雑誌『表現者』の編集会議へ参加していたことがある。そのおりひとつ、ちょくちょく実感させられたことがあった。『表現者』は（たぶん前身の『発言者』もだろうが）、たしかに今日いうところのいわゆるオピニオン雑誌ではあるけれど、同時にこれ、ひとつの思想運動結社なんだろうなということだった。

それでまた、この種の人の集まりというのは、いつの世もこんなもんじゃないかとおもわれ、おのれの研究する明治の民友社や政教社もこんな感じだったのではとイメージしたものである。つまり、明治二十年代におけるナショナリズムの思潮を体現した雑誌『国民之友』と『日本及日本人』へ結集した思想家集団のことをだ。というのも、こうしたいわゆる「硬文学」系の雑誌は、どれも根本思想を同じくするライターがそのままエディターを兼ねた人たちの結社だったし、メンバーも民友社の徳富蘇峰や政教社の三宅雪嶺はじめ、みな一匹狼の多士済々だったのである。だからまた、当時は「軟文学」に集う結社も似たり寄ったり。たとえば、明治二十年代に文壇のメインストリームにあったというか、文壇そのものを創ったとされる硯友社も、やはり相似た思想や文学志向を共有する人たちの集まりだったからだ。

ところで、その硯友社《けんゆうしゃ》、こちらはいわゆる紅露時代の一片に冠された尾崎紅葉を中心に明治十八

（一八八五）年、大学予備門（一高）の学縁をもとに結成されたとはつとに知られているところだろう。で、硯友社については、門外漢のわたしもかつて創設メンバーのひとりだった丸岡九華の回顧談「硯友社の文学運動」を読んだことがある（『明治文学回想集（下巻）』）。そのときもある種ユーモラスな、しかしそれなりに大真面目な機関誌『我楽多文庫』発刊や、俗にいう梁山泊参集みたいなオフィスの様相等、なんだか『国民之友』や『日本及日本人』のお祭り騒ぎふうの運動をそのまま「軟文学」でやっているような趣がとてもおもしろかったもの（かりに『表現者』だって、後年追懐されたらこんな感じのグループだったといわれるような気がする）。

さて、いささか回り道のマエフリとおもわれたかもしれないんだが、以上はその硯友社の頭目・尾崎紅葉のこと、そしてかれのイチバン弟子だった（とわたしはおもう）泉鏡花の文学へたどりつくため。つまり、ここでの本題で、タイトルこそ有名なんだが、これまたたぶん今日だれも手にしない小説のひとつだろう、泉鏡花のいかにも明治的な物語『婦系図』探訪のツユハライのつもりだったのである。すなわち、明治四十年、『やまと新聞』連載時よりタイヘンな評判を博し、やがて舞台劇にもなれば、かつてはくり返し映画にもなっているこの作品のキイマンのひとりこそ――それだけは古くから

泉鏡花『婦系図』前編、岩波文庫、1951 年

知られている〝真砂町の先生〟こと硯友社の尾崎紅葉その人がモデルとなっているからである。
ということで、その周辺を探索していくまえに、まずはこの名品出現のころまでの鏡花の生い立ちをちょっと。

いわゆる自然主義文学の勃興とともにいったん忘れ去られたという「偏奇な作家」泉鏡花の本名は、鱗太郎。明治六（一八七三）年十一月、石川県金沢に生まれ、父はすこぶる信心深い彫金師の清治、母は江戸育ちで、鼓打ちを稼業とする一家の娘鈴というんだから、後年の鏡花における異常なほどの観音信仰、工芸・美芸や江戸趣味への偏執は血筋といえるかもしれない。

学校は、教育制度の転変するこのころの子どもの常で、変則的な英語中心の北陸英和学校を出ている。が、そのさきの四高受験に失敗。この時点で作家志望は固まっていたという鏡花は、落第を転機にかねてからのアイドル・ライター、尾崎紅葉への面会を果たすべく上京する。しかしこのときは目的を果たさず、結局翌年の再度の上京のおり、紅葉門下への入門を許されている。ときに紅葉二十四歳、鏡花十九歳というんだから、双方えらく若い師弟関係といってよい。むろんこのパターンは、上記民友社の徳富蘇峰であれ政教社の三宅雪嶺であれ、かれらがリーダー視された明治二十年代、いずれも二十代だったごとくべつだん珍しいケースではない。

明治二十七年、父の死去で金沢へ帰郷。このおりゼンゼンものにならぬ小説の悩みや、たまたま火災による実家消失で経済的な貧窮に追い込まれた鏡花は、自殺を考えたという。そして、そのさなかに書きあげた一本を紅葉へ送ったところ、師はすかさず作中からかれの絶望と死の影を看取。

そこで鏡花への返書にいわく、「汝の脳は金剛石なり、金剛石は天下の至宝なり。汝は天下の至宝を蔵むなり……近来は費用つゞきで小生も困難なれど別紙為換《ママ》の通り金三円だけ貸すべし倦まず撓まず勉強して早く一人前になるやう心懸くべし」こう衷心よりさらなる勉励をさとしたというんだから、弟子の心事おもうべしだろう。

　事実、この書簡文転載の水上瀧太郎「鏡花世界瞥見」によれば、後年鏡花は、この手紙を手にするとつねに眼底へ感涙をたたえ、必ずおし戴いてから披見していたというんだから、まさにかれの一連のロマンス小説のごとくに泣かせるヒトコマではないか。

　で、この直後にものした地方の女水芸人の奇妙な儒教的モラルに彩られた「義血俠血」が紅葉の添削・斡旋のうえ『読売新聞』へ掲載されたり、観念小説のレッテルを貼られた「夜光巡査」「外科室」が『文藝倶楽部』へ発表となって、鏡花はようやくプロ作家として一歩前進の足がかりをつかむ。以後、翌年に出た鏡花の終生変わらぬ亡き母への思慕を基盤とするロマンチックな「照葉狂言」や、鏡花といえばたいてい学校の教科書で習う一種の妖怪もの「高野聖」等で、かれ独特の美的・絵画的な作風、装飾的・写実的な文体を確立。めでたく順風に乗った帆を張っていく。

　そうしたかれの代表作のなかで、わたしがもっとも耽溺し、かつもっともおもしろく一読したのは、いまも固定カルト・ファンの多いというどこかおどろおどろしく玄妙で、ときに奇怪な読後感さえ感得する右のような作品群ではない。それがじつは、「高野聖」発表前年に刊行の「湯島詣」からはじまった芸妓（芸者）を主人公とする一連のロマンス小説群で、なかでもわたしが反復「こんな定型フォルムの」「こんな通俗的な」「こんな感傷的な」と失笑しつつ、やがて突如われ知らず大真面目に痺れまくってしまった『婦系図』にほかならない。

『婦系図』という小説

傑作ロマンスのその筋立てはこうだ。

幼いころから親なく「隼の力」といわれたスリを稼業とする主人公早瀬主税《ちから》は、男気のある独文学者酒井俊蔵にひろわれ、真砂町にあったかれの家で一人娘の妙子と共に兄妹のごとく保育され、いまは陸軍参謀本部でドイツ語の翻訳官をつとめている。ところが早瀬は、大恩ある先生に秘したまま、縁あって気風《きっぷ》のよい柳橋の芸者お蔦をみそめ、落籍させたうえで所帯を持つ。そしてその二人をバックアップする善玉が、出入りの魚屋「め組」の夫婦、そもそもお蔦との縁をとりもった姉さん芸者の小芳（やがて「妙子」もこの早瀬主税を支える一群のひとりとなる）。

ところがそこは先生、弟子の密かな所帯持ちなぞとっくにお見通し。そこで一人娘妙子が、じつはかれの若いころの過ちで神楽坂の芸者に生ませた子だったという切ないおもいもあって、早瀬へ「俺を棄てる歟《か》、婦《をんな》を棄てる歟」だと談じ込む。かくて湯島天神境内におけるかの主税・お蔦別離の段となるわけなんだが、じつはこの場面だけは、泉鏡花にも『婦系図』にもゼンゼン関心のなかった時分のわたしの脳裏へもあらかじめ宿っている。

なぜかというとこのシーン、古くからというか、ある時代までしばしばラジオ演芸やテレビのお笑い番組のネタに使われていて、あの有名なシーン――つまり〝真砂町の先生〟の命により、早瀬が「お蔦、俺と別れてくれ」と口にするや、相方は「切れる別れるの、そんなことは芸者にいうものよ。あたしにゃ死ねと云ってください」とかなんとかいう台詞を幾度も耳にしていたからだった。

わたしはだから、原作のストーリーを追っていたさい、あらかじめここらでそろそろ来るぞ来るぞと予期していたんだが、どういうわけかそんな場面は一切来たらず。話はいきなり早瀬がいったん郷里の静岡へ帰って独語塾めいた教室を開き、先生への義理に泣いた相方の「親もなし、兄弟もなし、行く處と云えば元の柳橋」しかないお蔦も、「め組」の女房が髪結いだったのを幸いに、先生の黙許のもと、その仕事に就いたとなっている。そこでハテとおもい、手持ちの『明治文学全集』鏡花編など関連本へあたってみたらば、くだんの一幕は、大正三年、鏡花がある種の補遺のかたちで発表の戯曲『湯島の境内』にのみあるんだと知り、ちと驚かされたもの。しかもこの戯曲にある台詞も、テレビや舞台劇で人口に膾炙したさきの一節とけっこうちがっていて、二度びっくりとなっている。

ちなみにまた、この戯曲は真砂町の先生のモデルだった尾崎紅葉亡き後に執筆されたもので、ためにこちらにこそ作者の真意があらわとする評が多いことはよく知られている。なぜなら鏡花は、実人生でも芸者すずと結ばれているが、それが結婚をついに許さなかった紅葉死の後だったというわけで。

『婦系図』の魅力

それはさておき、原作へもどると、この小説にはいまひとつサブ・ストーリーがある。それがすなわち、酒井の一人娘妙子へ権勢づくの不埒な縁談をもちかけてきた早瀬も知る出自名門の「学士」河野英吉とのトラブルであり、この件を契機とする英吉の父、静岡の病院長河野英臣とかれの一族との角逐《かくちく》となる。つまり静岡へ帰っていた早瀬は、物語全体の悪玉、河野家へ出入りするうちに、当家の女主人の元馬丁との醜悪なスキャンダルやら、河野家の娘姉妹との色事やらを通じて、ほとんど劇画的としかいいようのない俠気の復讐劇へとりつかれ、そのさなかに早瀬は図らずも重い病をえてしまう。

他方、本筋のお蔦のその後はといえば、早瀬の先生との義理を承知ですっぱり別れ、かれが静岡へ去ってからはさまざまな謎解きめいたエピソードに彩られつつ、こちらもほどなく胸を煩い、しかもたちまちのうちに命旦夕に迫ってくる。そしてじつは、わたしがイヤハヤ出来すぎのフォルムだなとおもい、通俗的に過ぎるともおもったのもそこらあたりからなんだが、同時にむしろズンズン物語へ引きずり込まれてしまったのも、このあたりからとなってしまうのである。

たとえば、早瀬が静岡に発って一年、いまや重篤な肺の病に伏せっているお蔦の元へ芸者小芳が見舞いにやってくる。しかもその日、人づてに住居を耳にした〝真砂町の先生〟の娘妙子が訪ねてくる。それで三人は、それぞれの思いやりや純な心根を知り、意気投合。みんなで早瀬の話題を持ち出したり、賄いの食を採ったりで、しばしの歓に心なごむ。ことに小芳は、妙子の「品のいい處へ粋に成つて、又あるまじき美麗さを、飽かずに眺めて」は惚れぼれしている。そしてその小芳が、遅くならないうちにと妙子を近場の角まで見送って帰ってくるや、迎えるお蔦へ突然半狂乱の嗚咽の態ですがりつく。

我慢が出來ない、我慢が出來ない。我慢が出來ない。あんな可愛《かはい》いお嬢さんにお育てなすつたお手柄は、眞砂町《まさごちやう》の夫人《おくさん》だけれど、產う……產んだのは私だよ。私の子だよ、お蔦さん、身体へ袖が触る度に、胸がうづいて成らなんだ、御覧よ、乳のはつたこと。

そうして「色も諸分け」も知りぬいた二人は、じっと抱き合い、いったいなんの因果で「芸者なんぞに成つた」かと処女のように泣くのである。

さらに物語のエンディング近くに至り、いよいよ酒井先生の早瀬・お蔦の別れを強いたわけの謎解きのクライマックスがやってくる。すなわち、いま病で朦朧としつつも一心に早瀬を想うばかりのお蔦の臨終の床へ、妙子を伴った酒井先生が駆けつけてくる。お蔦の枕許へ顔を寄せた先生は、分かるか、分かるか、酒井だぞと叫ぶ。みんないるぞ、妙子もいる、大勢いる。ただ、早瀬がいないのが残念だろうと問いかける。そして、己を怨め、己は敵だ、酒井俊蔵を怨め、己を呪えともいう。

「あの腰を突けばひよろつくやうな若い奴《やつ》が、お前を内へ入れて、其《それ》で身を立つて行かれるものか。共倒《ともだふ》れが不便《ふびん》だから、剣突《けんつく》を喰はしたんだが、可哀相に」。隣室に詰めていた髪結いの朋輩や小芳のすすり泣きが漏れて、うす化粧のお蔦が苦しそうに寝返りを打つその哀れな姿へ向かって、酒井は最後の長広舌をふるう。「皆居《みんな》る、寂しくは無いよ。然し何うだい。早瀬が來たら、誰も次の室《ま》へ行つて貰つて、伜《か》うやつて、二人許《ふたりばか》りで、言いたいことがあるだらう。宇致方《しかた》が無い斷念《あきら》めな。斷念めて――己を早瀬だと思へ。世界に二人と無い夫だと思へ。……酒井俊蔵を夫と思へ、情夫と思へ、早瀬主税だと思つて、言ひたいことを言へ、したいことをしろ、不足はあるまい。念佛も彌陀も何《なん》も要らん、一心に男の名を稱へるんだ。早瀬と稱へて袖に縋《すが》れ、胸を抱け、お蔦。……早瀬が來た、此處に居るよ」

お蔦は力なく、それでも震えながら酒井の手をつかんでいう。

「咽喉《のど》が苦しい、あゝ、呼吸《いき》が出來ない。素人《しろうと》らしいが、（と莞爾《につこり》して、）口移しに薬を飲まして……」

酒井は犹豫《ため》らはず、水薬を口に含んだのである。

がつくりと咽喉を通ると、氣が遠く成りさうに、仰向けに恍惚《うつとり》したが、

「早瀬さん。」

「お蔦。」

「早瀬さん……」

「む、、」

「先、先生《せ》が逢つても可《い》いつて、嬉しいねえ！」

酒井は、はら〳〵と落涙した。

さてここでもわたしは、ナンダ、お定まりのパターンじゃないか、勘弁だよなと首を振り、ちェッと舌打ちしている。同時にまた、いったいどうしたことか、まさにここに至って瞼の上からレモンでも搾られたごとく突然目頭がカッと熱くなってしまったのである。突如まるで女子供のようにティッシュを手にしてグシュグシュと鼻をかみ、それこそはらはらと落涙してしまったのである。

なにゆえだったろうか。

この要因は多くの人が語っている。そのひとつで、たとえばわたしが通覧した岩波文庫版の「解説」を記す里見弴はいう。この『婦系図』には「讀み進むにつれて、いかなる原子の爆發か、誰一人證言し得ない所の、雲の如く、嵐にも似たる何者かが生じ來たつて、主題や材料に關する考察の

如きは、いつか痕跡《あとかた》もなくけし飛ばされて了ふ」不思議な爆発力があるんだと。

そのとおりかもしれない。みてのとおり、この物語ははなはだ通俗的である。異様にキッチュなメロドラマである。講談や劇画顔負けの偶然や、ありそうもないトラブルだらけのストーリー・テリング、すなわち嘘話の連続というプロットで構築されている。だからよくいって、文芸とエンターテイメントが巧みに混交している出来すぎの読物といったところだろう。にもかかわらず、幾度読んでもわたしはこの物語に泣く。たしかにそれは、里見弴のいう驚くべき「爆発力」のせいかもしれない。定評ある鏡花の装飾的・写実的な芝居がかった文章の力もあるだろう。しかし読むたびにわたしの胸を強く打つのは、そこにもうどうあってもとり戻すことのできないかつて日本にあった大きな美しい徳と価値を見出すからではないか。つまり、かつての日本人の義と理の葛藤、そこでの意気地や忍と俠を貫徹する清らかなおもいが真実と想えた明治という時代そのものに。

わたしはそれで、この小説をかつての抑圧された女権の叫びだとか、明治の不自然な封建的読物とする俗見に与《くみ》しない。だからまた、読後恥ずかしげもなく鉛筆で文庫本の巻末余白へ「学業の手を休め、ふと読み進んだところ一読巻おくあたわず。古典は古典。スバラシキカナ Ｒｏｍａｎｔｉｃ」そう記している。

第三章　愛とお金の天秤ばかり

尾崎紅葉『金色夜叉』

明治三十五年

今月今夜のこの月を

物語の借景は熱海。さざ波の響きがひそやかに押し寄せる海岸端に立つ主人公の名は間貫一《はざまかんいち》で、相対するは身も心も許しあったフィアンセのいと愛らしいお宮。なにやら怒り狂っている気配の漂う貫一がいう。あんな男のどこがいい、あやつの「金剛石《ダイヤモンド》」に目がくらみ、「断然お前は嫁《ゆ》く気だね！　これまでに僕が言っても聴いてくれんのだね。ちえぇ、腸《はらわた》の腐った女！　姦婦‼」怒声と同時にかれの片脚が、むせび泣く彼女のやわな腰をガツンと蹴りとばす。当夜はむろん月も朧な一月十七日。

一生を通して僕は今月今夜を忘れん、忘れるものか、死んでも僕は忘れんよ！　いいかい、宮さん、一月の十七日だ。来年の今月今夜になったらば、僕の涙で必ず月は曇らせて見せる……

ごぞんじ、古くは新派劇や映画、比較的新しくはラジオ演芸やテレビのお笑い番組で人口に膾炙した『金色夜叉《こんじきやしゃ》』の名科白《せりふ》のひとつである。と、まずはかく見栄を切りたいところなんだが、現状はもうナツメロのひとつにだってカウントされていないだろう。つまり、タイトルこそ知られていても、たぶん今日一般にはほとんどだれも手にしないとおもう、尾崎紅葉の代名詞的古典小説の一節というわけだ。

ただしこの紅葉、近代日本の文学史上ではビッグネームだ。いわゆる紅露時代の片割れに冠され、明治中期に大学予備門（『金色夜叉』の主人公も通う設定の旧制一高、現東京大学）の学縁をもとに結成された硯友社《けんゆうしゃ》一派の統領として特筆されている。またこの硯友社、いまだ徒弟制度の残存していたころの文学グループといおうか、江戸戯作者の師弟関係の趣をそのままひきついだような結社であって、紅葉はその俳号由来の十千万堂《とちまんどう》と称する門人集団「藻堂」を率いる大文豪だったのである。そしてこの「藻堂」、紅葉を大黒柱にして、明治三十六（一九〇三）年、三十七歳の若さでかれが亡くなるまで——もっといえば自然主義文学の流行によって凋落するまで、泉鏡花、小栗風葉、柳川春葉、徳田秋声ら門人四天王とされたメンバーの結束も固く、往時文壇の一大勢力をなしていたとは、紅葉を叙するあらゆる文献の記すところでもある。

尾崎紅葉『金色夜叉』岩波文庫
新版、2003年

紅葉と弟子たち

さてそれでは、紅葉は、いかにして十千万堂総帥としてそれなりの期間にわたって、これら弟子たちの上にほとんど独裁者のごとく君臨できたか。というとこれは、要するにえらく面倒見がよかったからだ。そのことは、たとえば鏡花、風葉の談話による師匠ヨイショ文献「紅葉先生」ひとつからもただちにみてとれよう。すなわちこの「先生」、小説の文章・題材に関する懇切にして精細な指導やライターとしての心得教示はもとより、生活面でも門人一同の世話をホントによくしていたのである。

たとえば、鏡花はいう。「先生」は門弟たちが病を得ると、すぐにも危篤のように騒ぐ。「私どもばかりではありません。私に祖母があれば、その祖母にも及ぼし、私に妹があれば、その妹にも及ぼして、小栗に丈夫坊やがあれば、其の丈夫坊やにも及ぼして、お宮参の衣物の模様は何にしたと、御病中ながら、何につけても、何うした。何うして居ると案じて下さいます」。

風葉もいう。「我々は能く先生に就いて、店屋物を食ひに行きました。先生は吾々と一所に行つて、吾々に物を食はせるのが楽しみでゐらつしつたやうです。子供衆もあり、御家族もあるが、お家の方よりは、却て吾々の方が、始終色々な所へ連れて行つて戴きました。局外から見ますと、御家族に薄くて門人に厚過ぎるやうに思はれる位です」

神楽坂での茶屋遊びしかり、門人たちを引きつれての遠出の銃猟しかり。もちろん費用いっさい師匠持ちだった。したがって紅葉は、文壇の大御所にふさわしいミエを張り、嘘飾を装ったとまではいわぬまでも、かなり経済的にムリをしていたとする評もある。

もっとも、そうした親分肌の気前ときっぷのよさは、二義的なことだったろう。十千万堂での紅葉の門人睥睨のポイントは、そんなことよりそれこそ『金色夜叉』のごとき幾多のヒット作による名声と権勢をもって、弟子たちの原稿をかれが新聞・雑誌等へ周旋していたこと。すなわち、門人一同は、多かれ少なかれ紅葉のおかげで「糊口《ここう》の道」を授けられていたところにあったのである。ところで、この文壇というものなんだが、マスメディアの発達した今日、その筋の顔役の口ききで弟子筋の小説が売れるなんてことはチト考えにくい。つまり、明治のころには作家と雑誌社なり版元とのつながりが深く、かつまた濃い。ために文学結社のリーダーの顔もきいて、ある種のギルド的な特権もあったんだろうが、現在少数の俳句や短歌結社ならいざしらず、そんな余禄は雲散霧消しているはずである（とわたしはおもう）。

ところでまた、たしかにかつて機能していたそのありがたい文壇で、この世界の「大家」の顔で売り出された紅葉のイチバン弟子といえば、いうまでもなく泉鏡花となる。で、まえにわたしは、ここで鏡花の代表作の一篇『婦系図』を採りあげ、紅葉とかれの師弟関係についてチラと言及しておいた。たとえば、紅葉門下へ参じてほどなく文学的懊脳と経済的困窮にみまわれた鏡花は、師匠から温かな勉励と金銭的援助を受け、感涙にむせんだというかれらの美しい関係の有様。あるいは『婦系図』に描かれた世界からして、これは現実にあった泣かせる師弟関係を彫刻した名品だったというように。

そこで以下、本題の『金色夜叉』の物語へ分け入っていくまえに、まずこの二人の関係から尾崎紅葉の人となりの一端を垣間見ておこう。

紅葉と鏡花

泉鏡花の『婦系図』における作中の「酒井先生」（モデルは紅葉）と「早瀬主税《ちから》」（鏡花）とは、どこまでもうるわしい師弟の義理人情にあふれた人物として描かれている。実際、鏡花の先生への態度はこの作品にあるとおりだったろうし、わたしも鏡花は心から紅葉に尽くしていたんだろうと読んでいる。

ところが『婦系図』は、そうした師匠の神格化の物語なんかじゃなく、ホントのところは鏡花の紅葉への隠微な皮肉っぽいおもいがひそんでいるという説がある。たとえば、批評家の勝本清一郎の解釈がそれで、どういう説かといえば、鏡花は「もっと実際の紅葉を裏からも表からも、したたかに知っていた」。そして、ゆえにこそ『婦系図』をあのように描いたのではなかったかという。すなわち、小説の筋立てどおり、鏡花はこの作品をものする四年まえ、神楽坂の芸者お蔦（モデルは源氏名桃太郎）ことすずとの同棲を紅葉からみとがめられ、彼女との別れを強要されているわけだが、鏡花はこれに屈折した恨みがあったんだとか。それが証拠に、たとえば鏡花は、紅葉が死んでからもながくすずと正式に結婚しておらず、籍を入れたのは師匠没後の二十三年も経ってからの大正十五（一九二〇）年のこと。そこで通説は、亡き紅葉が二人の結婚をついに許さなかったことへの誠実な義理立てという美談になっている。しかるにこれがとんでもない。鏡花（とすず）は、紅葉へ片意地を張りとおしているにすぎない！　逆にいえば、「紅葉の云いつけ通りに正式に結婚しなかったのだと云う風な柔順な二人の姿だったのではない。生涯をかけての皮肉なすね方」を示していたんだというのである（『近代文学ノート　増補版』）。

もうひとつ、では紅葉はそもそもなにゆえに鏡花とすずの仲を引き裂こうとしたか。これについては、やはり古い批評家の村松定孝にこんな説がある。

『婦系図』には、酒井先生の愛人として小芳（モデルは神楽坂の芸妓小ゑん）というお蔦の先輩芸者が登場する。で、村松のみるところ、この小ゑんがお蔦こと桃太郎（すず）をヨシとして推輓したらば、紅葉もあんな別れを無理強いしなかったかもしれない。というのも、小ゑんは、たしかに紅葉のおもわれ者だったけれども、彼女には紅葉の本妻の座を奪えるとは夢にも考えられない。だからそれだけに、桃太郎が「鏡花の本妻になることにゼラシーの炎を燃やした結果が二人の仲を裂くことに積極的になったとも考えられまいか。そういう小ゑんの好ましからざる掣肘を鏡花も桃太郎も気づかなかった筈もあるまい」。

村松説はつまり、紅葉は小ゑんの嫉妬による教唆もあって、二人の別離を強いた。むろん紅葉には、十千万堂イチの子分鏡花へもっとまっとうな素姓の嫁を迎えてやりたいというおもいもあったにしてもというのである（手塚昌行「泉鏡花『婦系図』主題考」『泉鏡花とその周辺』武蔵野書房、一九八九年）。

清張の説

さてそこで、この二人の解釈を受け、もっと暗く辛辣ないかにもの一説を主張するのが、かねてわたしの愛読してやまない松本清張の小説とも作家論ともつかぬテキスト『文豪』となる。

清張はいう。これらの解釈によれば、紅葉の鏡花と女にたいする態度の謎がすらすらと解けるようではないかと。鏡花はけっして紅葉の厳命によってすずと別れたわけじゃない。ダイイチかれは、晩年に紅葉が病を得て動けなくなると、すかさず彼女を神楽坂下の家に引き入れている。だから清張はそのあたりを、肚のなかで師に向かって舌を出している鏡花の「したたかさ」が浮かぶようだという。紅葉の最初の玄関番であり、終始紅葉側近の第一だった鏡花は、たしかに師の裏も表も知っている「したたか者」だった。むろんどんな無理難題を紅葉がいっても、命これただちに従う鏡花の柔順な態度の芯に、用心深い、強かな根性がひそんでいるのは紅葉も見抜いていただろう。とまあ、かくのごとく分析したうえで清張は、二人の師弟関係の謎をこのように解いている。

鏡花が文壇でのしてきた時分に最晩年を迎えた紅葉は、「過去の業績で名声を獲ている。文壇の大家、一大勢力、名士、文豪、どう形容してもかまわない。しかし、彼はすでに無力の人になりかけている。想像力は涸渇し、虚名は維持していても、作風は常套に固定して形骸化している。盛名を維持しているだけに、当人の焦燥、苛立ち、絶望感は掩うべくもない。その弟子は遥かに師より俊秀であった。天才的素質を持っている」。しかも鏡花は現実に紅葉の人気を上回っていたのであると。

では、そのあたりを清張も引いているエピードをさらに詳細に記す伊藤整『日本文壇史』（一九五二～六九年）によって補足しておこう。

鏡花は、胃癌による紅葉死去直前の明治三十六（一九〇三）年秋、徳富蘇峰の『国民新聞』の依頼で連載小説を書くことになっていた。紅葉もそれを耳にしている。病床にあったかれは、枕頭で徹夜の看病にあたっていた鏡花へかく話しかけたという。

「……来月から『国民』に載るさうだが、勉強しな。――時にいくらだ。――一両（一円）出すか？」

「いいえ、もうちよつとです。」

「二分（五十銭）もよこすか？」

「もう少々。」

「二両かい？」

「先生、もうちよつと……」

「二両二分――三両だと。……ありがたく思へ。」

紅葉は床ずれのした背中を蒲団によりかからせながら、鏡花の顔を見てまた言った。

「勉強しなよ。」

伊藤の説によれば、連載の一回三円という原稿料は当時飛び抜けて高い。つまり、鏡花は「師の紅葉が考えているよりもはるかに高い、ほとんど師を凌ぐような人気作家の地位を持っていたのである。しかも鏡花は、紅葉に呼び棄てにされ、罵られ、その愛人との同棲生活もやめなければならなかった」ではないかと（『日本文壇史』7「硯友社の時代終る」）。

もっとも、伊藤は、自己の紅葉における心理分析をこれでとどめている。それに比し、清張の解釈はなんだかグサリ肺腑をつくみたいにずっと生々しい。

すなわち、紅葉は弟子のギャラが予想の三倍、「三両」ときいて衝撃を受けている。「思わず己の肩を揉む弟子の顔を振り返ってじっと見たが、肚の中では弟子に追い抜かれた無念さと嫉妬で口惜し涙が滂沱と……。弟子の人気が絶頂に向かいつつあるのを知った」のだというふうに。おまけに清張は、紅葉と鏡花の師弟関係につき、こんな逸話で追いうちをかけてくる。やがて鏡花は、全集が出るほどの「文豪」となった。それで、「紅葉の遺族が経済に困って、ほかならぬ鏡花に、これは他へ渡したくない品だからと云って、紅葉の日記や書留帳を買ってくれと頼んだことがある。鏡花は、私はまだ紅葉先生の御遺品を持てる身分ではございません、ひらにひらに、と云ってうやうやしく引きさがってしまった。その時の紅葉未亡人の涙にむせんだのは、鏡花の薄情や吝嗇に泣いたのではなく、紅葉を神様扱いにする皮肉な批判を敏感に感じて泣いたからだ」。別言するなら

「――ここに人間心理の『魔道』がある」

というこことで、清張の結論はこうだ。「面従腹背を寸毫も他人に気取らさせることなく、隠微、皮肉な献身で仕えた『弟子』のほうがはるかに『悪人』だった」（「葉花星宿」）

どうだろう。わたしはこのイヤハヤの論、まだ若かった学生時代の昭和四十七（一九七二）年、『別冊文藝春秋』初出のやつをリアルタイムで目をとおしている。そのときも妙に面白かったという記憶があるんだが、今般単行本版で再読してみてもやはりそれなりに興味深い。なるほど、これもやっぱり清張得意のパターンのひとつなんだなってことで。

ただ、わたしは実はこうした類いの伝記的インサイド・ストーリーをいつもおもしろいとはおもうんだが、さしてシリアスというか真面目な関心はない。どういうことかといえば、わたしは自分のやっている思想史研究とこの手の伝記的研究にはチト異なるところがあり、かつまたその点に起因するそれぞれおもしろさがあると考えている。それというのも伝記的研究というのは、ある著述家が、その時どきの時点で、いったいどんなことを感じて、何を企て、いかなる結果をもたらしたかという事実の探究を課題とする。ところが思想史のほうは、著述家の言語表現にみられる特定の観念の意味や、その組合わせの持つ客観的な構造なり作品に表れた体系的なかたちへの興味に支えられている。もちろん紅葉だろうが鏡花だろうが、実際の作品探究では、これらを厳密に区別することは難しいばあいもあるだろう。また、作品の理解においても、作者の伝記的事実を考慮しなければならないケースもままある。しかし原則としてこうした違いや、それぞれへの嗜好もあるはず。

それですくなくともわたしは、作家の伝記的バックグラウンドよりも、作品そのもののかたちにこそ圧倒的な興味を抱いてしまうわけである。

そこでつぎに、そうはいってもやはり一応は触れておかなければならないだろう『金色夜叉』の作者紅葉の伝記的生涯を簡略にたどっておこう。

紅葉略伝

紅葉のキャリアは、短命だったこともあってか、明治中期における文壇の大ボスという名声に比し、わりと簡単である。たいていの文学全集なんかに記載の紅葉の年譜を縮約していえば、およそ以下のようになるだろう。

慶應三（一八六七）年、江戸の芝中門前町に生まれた尾崎紅葉。本名は徳太郎である。後年、紅葉山人はじめ、比較的知られた先の十千万堂や半可通人等、多くの号を使い分けたことは有名だ。父惣三が彫刻師だったこと、幼い時分母庸を喪ったことが、やはり後年、彫金師の一家に生まれ、母親をはやくに亡くしていた泉鏡花の弟子入りを許すひとつの奇縁になったというあたりもよく知られている。

四歳のときの母病没後、父方の祖父荒木舜庵に引きとられ、芝明神町で幼少時代をすごす。学校は桜川小、府立二中をへて、この時代の子供の常で岡鹿門塾、三田英学校などを転変し、明治十六

（一八八三）年、十五歳で大学予備門へ入学。この頃すでに漢詩文を作る趣味が養成されていたという。

予備門二年の頃、多くの文学的知己を得た。石橋思案や山田美妙、丸岡九華らがそれで、これがつまりは近代日本初の文学結社・硯友社の創設メンバーとかさなっていく。よってやはり近代日本初の純文芸雑誌「我楽多文庫」の創刊者および執筆者連が、そのままかれらとかさなっているのもいうまでもない（ちなみに、手写回覧本から活版非売本、公刊発売本とグレードアップしていく同文庫は、「文庫」改題後のものを含め、結局明治二十二年の終刊まで通巻四十三冊刊行されている）。そしてこの「我楽多文庫」での活動が、紅葉のプロ作家への立志を確立させている。

明治二十一（一八八八）年、いまでいう愉快な部活みたいな文学趣味を継続しつつ、東大法科へ進学。が、法科は一年で文学科へ転じており、丸岡九華の言を引けば、いわば天下国家路線から離脱し、芸術の「筆を持つて世に立つ覚悟」を固めたというわけだ（「二十年前の尾崎君」）。事実、このころからかれは本格的に創作活動へ打ち込み、同年発表の『二人比丘尼色懺悔』で好評を博す。そして、この出世作を足がかりに、学校の先輩で後に政治家として名をなす高田早苗の斡旋から読売新聞社入社へと至った。

大学へ籍を置いたまま『読売』では文芸欄を担当。結局明治二十三年に学校は中退して、この年から新進作家として執筆生活に入る。その後の十三年余りの文学的キャリアは、さらに縮約して言及しておこう。すなわち、紅葉は、だれしもかれの代表的作品とみなす初期の『伽羅枕』『三人妻』

や、後期の『多情多恨』『金色夜叉』はじめ、そのほとんどを『読売新聞』へ発表。この間、いわゆる「雅俗折衷」の文体を編みだし、言文一致の物語をこころみたということで、ひたすら文章の彫琢と絢爛に苦心する芸術としての文学追求の生涯を送ったといえよう（プラス、門人の育成活動！）。

結果、紅葉はその集大成たる『金色夜叉』をものしているころ、たとえば国木田独歩から以下のように賛じられることになった。「紅葉山人！　彼の名は今日如何に隆々たるよ！　露伴と並称されて政界の伊隈、劇界の団菊、文界の紅露といふ何人も兎角の異議を挟むことの出来ない大立者なる紅葉山人！　余輩は先づ彼の成功を祝する、大成功を祝する」

独歩はまた、しからば紅葉はいったいどんな文学的足跡をたどってこれほどの「成功」に至ったかと、それをつぎのように評している。「彼の作物を通読するに『伽羅枕』、『三人妻』の二編は彼の前期を代表し、『多情多恨』、『金色夜叉』は後期を代表して居る。即ち彼の前期は洋装せる元禄文学である。後期は新時代の要求に応ぜんと企てた物である」（「紅葉山人」）

そのとおりかもしれない。ただ、わたしのみるところ「洋装せる元禄文学」も「新時代の要求に応ぜんと企てた」こころみはもとより、紅葉文学のすべての魅力は『金色夜叉』に凝集されている。総合編纂され、蝟集《いしゅう》精選されている。そこでつぎに忘れられた物語のその輝きをみておかなければならない。

忘れられた物語

「文豪」の名声に比して尾崎紅葉が存外に短命だったことはよく知られている。胃癌によるその早世について、たとえば明治のジャーナリスト徳富蘇峰は、主宰する雑誌『国民之友』を通じて面識があったという紅葉の絶筆『病骨録』（一九〇四年）を手にして、これを読めば「紅葉山人も亦た一個の教養あり、且つ修養ある紳士であることが分明だ」とのべ、こんなふうに評している。

其の最後の宣告を、入澤博士から受くるや、彼は記して曰く、
……十四日（明治三十七年三月）の午前九時半、入澤博士は、自ら来つて、其の断症試験の結果を告げ、而して去るに臨んで「私の誤診であることを希望するのです。」
唯だ此の一句、如何に悲惨、如何に沈痛。此の如くして紅葉山人は、同年十月三十日夜十時、享年三十七にて逝いた。文人命無しそれ奈何とは、真に此の事であらう

『成簣堂閑記』一九三三年

蘇峰はまた、べつのところで「彼は実にお山の大将たる資格を持つてゐた。彼は文学者として、如何なる位置を、明治の文学史上に占むるや知らざるも、硯友社一派の中心人物として、人物養

成の功は、識認せねばならぬ」とのべ、ただし紅葉には「二重の関門あつて、第一関は恒に開放し、

跣足にても、下駄ばきにても、勝手に出入を許したが、第二関をば堅く鎖して、何者も近くを許さなかつた」ともいっている（『好書品題』一九二八年）。

ところで、この「お山の大将」の葬儀が盛大だったのはいうまでもない。そのおり参会者のひとりで、蘇峰のいう「第二関」に阻まれたことで知られる、当時博文館の編集者だった田山花袋は、ようやく時代の変わり目がやってきたとこんな感慨に耽っていたという。すなわち、「か丶る盛大な儀式、世間の同情、乃至義理人情から起る哀傷、又は朋党、友人、門下生などに見る悲哀、さういふものは、新しい思想から見て、何であらう？　旧道徳のあらはれの単なる儀式ではないか。寧ろこの盛んな儀礼よりも、まごころの友の二三によって送らる丶方が、かれの為めに美しくもあり又意味もありはしないか。かうした大名か華族のやうな葬式をする文学者は、かれ紅葉をもつて終りとするだらう。友人の情、門下生の義理、さういふものに、我々は既にあまりに長く捉へられて来た。普通道徳に拘束されすぎて来た。これからは、我々の『個人』に生きなければならない」（伊藤整『日本文壇史7』）。

実際紅葉亡きあと、それまでの「普通道徳」を吹きとばすような「新しい思想」のあらわれであり、花袋のいう「個人」の内面をつきつめる自然主義の勃興・流行によって、硯友社一派の凋落をみたことはあらゆる文学史の叙するところだろう。

とはいえ、紅葉の遺した一代の傑作（とわたしはおもう）『金色夜叉』は、たしかに旧式の文学視

されていくにしても、それなりに長く読みつがれていたようにもおもう。そのあたり、たとえば明治の末期に青春時代を送った文芸評論家木村毅もつぎのように回想している。

明治四十二（一九〇九）年、木村は「文章世界」への投稿で一等に当選。その賞品として「図書切符」（いまでいう図書券だろう）が送られてきたとき、なにはさておき紅葉の全集版『金色夜叉』を注文する。というのも、そのころ自分は自然主義や社会主義の流行に覚醒しつつあったけれど、やはり「『金色夜叉』は文学を志望する者の必読の書と思われていた」からだった。で、「評判にたがわず、これは大作で、且つ名文で面白いことこの上なく、郵便小包でその本がとどくと朝から読みだし、読んで、読んで、夜の九時ごろに、遂にしまいまで読み上げ、頭がぼうッとなってしまった。今でも、名調子の熱海と海岸と塩原のところは、別に暗記しようと努力したのでも無いのに、自然におぼえて、宙で朗誦できる」。

その一方で、とかれはこうつづけている。大正末期になると、さまざまな社会主義やアナーキストの団体が結成されて自分も入会した。それでよく地方へ社会問題の講演にいったものだったが、あるときその種の会で、仲間のひとりが演説をぶった。するとそこで『金色夜叉』がとりあげられている。西洋でいえばシャイロックかリヤ王のようなもので、そのころまで『金色夜叉』を例に引けばなんでも話が一番早わかりやすかったからとかで、演者いわく、「間貫一は、お宮と別れる時、一月十七日がくると、必ず僕の涙で月を曇らせてみせると言って、遂に高利貸しになった。今の青年はこんな場合いかに処すべきであるか」。そうしてかれは、「――宮さん、君は大ブルジョア富山に嫁してゆく。よしそれならば、僕は君に対抗すべく社会主義者になって、必ずブルジョア階級に復讐せずにはおかぬと言って、吾予々の陣列に加わってくるであろう」。

というしだいで、木村はこれにいたく感心し、のちに「早稲田や松陰女子大で明治文学を講ずる時、必ずこの話をして、新旧の時代の区画線はこの考えの差異にある。恐らくこうした考え方が『金色夜叉』の提起した問題を無意義にして、この名作の生命に引導を渡すだろうと言ったものだが、確かにそうなった」という（『私の文學回顧録』青蛙房、一九七九年）。つまり木村もまた、新旧時代思想の転変によって『金色夜叉』の文学的生命がしだいにフェイドアウトしていったとみていたのだ。

では、こうした作家や作品変遷の事柄を念頭に置きつつ、以下あらためて、かつてわたしも「大作で、且つ名文で面白いことこの上なく」読んだ『金色夜叉』の物語へ分けいってみよう。

『金色夜叉』の魅力

『金色夜叉』の物語は、原作を読んだことのない人にでも、ああれか、となんとなくでも知られているのではないか。なにしろ静岡県の熱海サンビーチへ「お宮の松」なんて、架空の物語を現実化した観光名所までできているんだから、いまさら筋立ての紹介さえ不要だろうとおもうほどに。ちなみに、いささか唐突かもなんだが、わたしのふる里山形の庄内は、かつてＮＨＫテレビ朝の大ヒット・ドラマ『おしん』の主要舞台だった。ご承知のとおりこの物語、放映中からタイヘンな人気ぶりだった。そこで郷里の市当局が「おしん像」なる銅像めいたものをＪＲの駅前へ建立したことがある。往時そのことで東京の友人連中からよくからかわれたものだったが、現在はしかし、その「おしん像」など跡形もない。それどころかいまや、そんなものが建っていたこと自体ほとんど忘れ去られている。それを考えると、「貫一お宮の像」が今日まで熱海の名所として存続しているとは、大したものではないか。つまりそれくらい『金色夜叉』は、日本人の心象風景へずっと宿している歴史的ドラマのひとつなんだろうってわけで。

余談はさておき、『金色夜叉』は事実、かつて多くの日本人に熱狂的に愛読された小説だった。それが時をへるにつれ、原作は今日同様あまり読まれることもなくなり、むしろその漠としたイメージだけが、演劇や映画、あるいは「熱海の海岸散歩する〜」なんて例の歌の調べや映画などによって一般化。また、この作品の評価もその名声に反し、いわゆる玄人筋においておもいのほか低いのも、そうした原作を換骨奪胎したような通俗的ストーリー氾濫のせいかもしれない。

それだから、たとえば正宗白鳥なども『金色夜叉』刊行から四半世紀以上も経ってからこんなことを口にしている。すなわち、自分は紅葉といえば、比較的初期の「心の闇」や『多情多恨』（明治三十年）をもっとも傑作とみていた。それもあって『金色夜叉』は、かねて徳富蘆花の『不如帰《ほととぎす》』（明治三十二年）なんかと同列の通俗小説と考えていた。ところが、あらためて読み直してみたところ、「紅葉が自己の天分と蘊蓄を傾注した小説は『金色夜叉』である」と考えるようになった。そうして、かく吐露するのである。すなわち、この作品は「どんな批評家からも非難されさうな欠点を有つてゐるのであるが、彼としては最も面倒な題材にぶつかつて芸術的奮闘を試みたので、脳漿を絞り尽して、倒れて止むといつた悲壮な感じがされる。それで彼れは自分の有つてゐるあらゆるものを投出してゐる。継ぎはぎではあるが、それ等の継ぎ切れのあるものには、一代の才人の綴つた錦繡の美を表してゐるのだ」(『文壇人物評論』一九三二年)。

いかにもだろう。わたしもまた『金色夜叉』は、白鳥のいう「継ぎ切れ」の多い、結局未完に終わった作品ではあったけれども、たしかに紅葉文学の集大成であり、まさしく「錦繡の美」をもっともよく徴象したものだったとおもう。そしてそのテーマは、つまるところ愛はカネに勝り、貧しくとも愛情にこそ人生の幸福があるという、凡庸だがしかし、どんな芸術・芸能ジャンルでも実にエンドレスの反復されるひとつの真実を描き、かつまた明治の中盤ころの世相をあざやかに切り取ったものだったとも。

新聞小説としての魅力

その意味の傑作でもあった『金色夜叉』は、いまにいう新聞小説だった。発表されたのは『読売新聞』で、その初出は以下のとおりだ。

「金色夜叉」前篇　明治三十年一月一日〜二月二十三日
「後編金色夜叉」　明治三十年九月五日〜十一月六日
「続金色夜叉」　明治三十一年一月十四日〜四月一日
「続々金色夜叉」　明治三十二年一月一日〜四月八日
「続々金色夜叉」続編　明治三十三年十二月四日〜三十四年四月八日
「続々金色夜叉」続編　明治三十五年四月一日〜五月十一日

みてのとおり、連載はすこぶる断続的だった。現代では考えられないというか、いくら明治中期のマスメディア未発達のころでも、掲載元がよくぞこんなフリーハンドの気随な連載パターンを許容したもの。といいたくなるんだが、やはりこれはそれ相応のトラブルとなっている。つまり、『読売』経営陣とまさに「金色夜叉」新聞連載のあまりの中断の連続から、明治三十五年夏、ついに衝突となって紅葉は同社を退社するのだから。もっとも、逆にみれば、明治三十年『読売』紙上へこの作品が出現するやたちまち人気急騰。以後この連載小説が同紙の大きな売りとなっていて、だからこそ右にあるデタラメといってもよい連載ぶりが五年間ももったともいえよう。つまり『金色夜叉』は、往時からそれくらい絶大な読者を獲得していた物語だったということだ。

では、そのメガヒットのプロセスはどんなものだったか。というとまず、この物語は連載にほぼ並行して、逐次一編ごとの刊本化がなされている。単行本の版元は当時のメジャー出版社のひとつ、春陽堂。フォーマットは、発売順に「前編」「中編」「後編」「続編」「続続編」というタイトルでの文冊形式だった。ちなみに現在入手容易で、ここでも使っている〇三年改版岩波文庫ヴァージョンは、この目次へ春陽堂「続続編」七版からあらたに組み込まれた「新続編」が、最終章「新続　金色夜叉」として別立てとなっている。さらにちなみになんだが、ひらがなやルビ多用のこの最新の岩波文庫改版本は、実に驚くほど読みやすい。ために、オリジナル・テキストの絢爛たる文章の魅力や味わいを損ねてしまうだろうと首を傾げたくなるほどに。

さて、初出の「金色夜叉」は、上掲のとおり明治三十（一八九七）年一月に「前編」が『読売』に発表され、半年ほど中断後の九月に「後編」の掲載となった。翌年一月、「続金色夜叉」も出現。芝居小屋の市村座でこれらが一幕の劇となって上演され、タイヘンな人気を呼んだ。そこでつぎに、このあたりまでのストーリーの内容を、やや詳しくみておこう。

物語の主人公は、むろんかの一高生・間貫一とかれのフィアンセお宮。冒頭、その宮のキャラクターがこんなふうに描かれている。すなわち、宮はおのれの美しさを十全に確信し自負してもいた。その類いまれな美貌をもって貫一のような「類多き学士風情」を夫にするのは、けっして自分の望みの頂点ではない。なぜなら彼女は、

貴人の奥方の微賤より出し例《ため》寡《し》からざるを見たり、または富人の醜き妻を厭《いと》いて、美しき妾に親しむを見たり。才だにあらば男子立身は思のままなる如く、女は色をもて富貴を得べしと

信じたり。なお彼は色を以て富貴を得たる人たちの若干を見たりしに、その容の己《おのれ》に如かざるものの多きを見出せり。剰《あまつさ》え彼は行く所にその美しさを唱われざるはあらざりき（「彼」は宮＝筆者注）。

ために宮は、そぞろ「始終昼ながら夢みつつ、今にも貴き人または富める人または名ある人の己を見出して、玉の輿を昇せて迎えに来るべき天縁の、必ず廻到《めぐりいた》らんことを信じて疑わざりき」。かといって宮は、貫一がキライなわけではない。いまも怠らずかれを愛している。ところがあにはからんやで、そこへ正月のカルタ会で、宮は目を剝くような「金剛石（ダイヤモンド）」を指先にこれみよがしだった金満家の富山唯継と遭遇する。そこで彼女は、たちまちのうちに富山へ心を移し、結婚となる。むろん貫一をスッカリ捨て去ったのでもなく、あっちへフラフラこっちへグラグラみたいな迷妄の心のままで。

他方で宮にフラれた貫一は、一高から帝大へすすむいわゆる立身出世の道を放擲し、なんと金色燦然たるまさに高利貸しの「夜叉」になるという行路に至る。で、これはいまでこそ通俗的でありそうなプロットにおもえるかもしれないが、発表当時はひとみなビックリの「奇想」だったとか（依田学海『紅葉山人伝』明治三十七年）。また、時代の読書人を驚かせたこの筋書へ、明治初期からの立身出世主義への反省や金権主義への反感、さらに女性の功利打算を旨とする恋愛感への疑問が埋め込まれていたとは、多くの論者の指摘するところである。

さてまた、以後の連載は、翌明治三十二年早々から「続々金色夜叉」のタイトルで再開。しかしこれは（もというべきだろうが）ほぼ四カ月足らずで頓挫する。そして、この作品の執筆の心労をひとつの要因として、このころから紅葉の健康が蝕まれてくる。その不調もあいまって、「続々金色夜叉」の続きが「読売」紙上へ出現するのは明治三十三年の暮れも押しせまった十二月のことだった。

『読売』の経営陣がイラつきはじめたのはこのころからだった。「続々金色夜叉」の連載の中途にあったにもかかわらず、従来とまったく同じパターンで、明治三十四年春にまたも中断。しかも紅葉は、小旅行へ出て遊んでいるなんて噂もあった。ところが翌三十五年春、今度は新派の宮戸座でまたも劇化され、以前にも増して作品の人気が涌いた。そこで『読売』は紅葉へなんとかしてくれと泣きついて、上演直後のこの年四月からほぼ一年ぶりでようやく「続々」の続編連載の再開ならぬ三開となったのだ。

そのころまで発表の筋立ては、こうだ。貫一は宮と別れてからはや七年。金貸しとしてそれなりの成功をおさめたかれは、赤樫満枝なる同業の美人高利貸しにブラフをかけられる。が、お宮との別離の懊悩以来ストイック一徹になっているかれは、いくら言い寄られてもゼンゼン相手にせず、ひたすら孤独に生きている。そんなさなか、ある晩かれは、激烈な夢をみる。それが、お宮は貫一との離別を改心、悔悟のうえ投身自殺をする。そこでついにかれは彼女を赦すというもの。

むろんしかし、これはあくまで夢。覚醒してみればやはりしみじみ孤独で、深い憂愁につつまれたままの日常がつづく。かくて貫一は、商用がてらの旅へ出る。そこがすなわち、後世三島由紀夫激賞の自然描写出現となる、またさきの木村毅暗誦のワンシーン登場ともなる、那須塩原の寂れた温泉郷だった。そしてかれは、その温泉場の宿で心中をこころみようとするわけありの男女と遭遇し、この二人を救う。男は、紙問屋の番頭で、大恩ある主人のカネを使い込む。その使い込みの相手が、新橋の芸妓とされる同道の女だった。つまりこの女は死ぬほどイヤなある男に落籍されることから逃れ、惚れてぬいていた番頭と心中を決意していたのだったが、その女をカネづくで落籍しようとしていたのが、なんと宮の夫の富山唯継！

とここまできて、紅葉の体調はいよいよ悪化してくる。ところで、そのさなか——一年数カ月ぶりに「続々金色夜叉」のさらなる続きが『読売』紙上へ掲載された直後、かれは身体の小康状態にあって、本来自分が講演するはずだった集まりに足を運ぶことに。そのおりかれは、一群の淑女才媛に取り囲まれ、その続きの内容をめぐってこんな光景がくり広げられたという。

「尾崎先生、『抑も塩原の地形たる』どころではありませんわ。いったい宮さんを先生はどうして下さるつもりなんですか！」。すなわち、この女性たちは、「宮を金持ちの男の犠牲者とし、恋人を裏切った悪い女とし、夢の中で死なせたりして、いつまでも救ってやろうとしない紅葉に食ってかかった。紅葉は女たちのお喋りと質問の渦に巻き込まれた」（伊藤整、前掲書。なお、伊藤のこの一節は泉鏡花、春陽堂版『明治文學全集』第五巻「小解」を翻案したもの）。というわけで、『金色夜叉』は、くり返しくり返しとんでもない連載中断をみても、依然として多くの読者の注目の的であり、読書界における人気の中心点にあったのである。

しかるにこのときの連載も、やはりそれからひと月後の五月に中断。むろん、やがて胃癌と判明するさらなる体調の悪化がそのひとつの原因ではあったが、かくてついに「読売」と衝突。既記のごとく、紅葉はこの年八月、とうとう「読売」退社となったのである。

紅葉は、ではなにゆえにかくまで連載を中断しなければならなかったか。というとそれは、要するに身体に変調をきたすほどに執筆に苦しんだからにほかならない。紅葉は、はやくから名文家と称されていただけあって、文章については常に彫心鏤骨の苦しみを続けていた。紅葉にあっては、文学イコール文章だったのだ。一章一句のためストーリーや物語の趣向を変えることさえあるという紅葉。したがってかれは、そうした自己の文章に関する考え方を、たとえばこんなふうに告白しているわけだ。「自分は癖といはるるまで文章を推敲するが所好きである」。だから「枝末」に拘泥しているだの、「彫蟲刻花に無用の力を費すの、詩形の細工ばかりするのと、当人は想だ想だと手爾波も知らずに深遠高大がる徒は、赤裸々で年礼に駈廻る狂人とより我眼には見えぬのである」(「唾玉集」)。

紅葉は、文章と表現力の練磨に徹底して執着した。文章に凝り固る名人芸に拘った。そしてそれは、「我楽多文庫」の修業時代から、終生まったく変わらないかれならではの文学への姿勢だったのである。

『金色夜叉』の文体

紅葉晩年の大作『金色夜叉』。紅葉の文学における集大成ともいえるこの物語の作風なり文体はどんなものだったか。この項の結びとしてそのことを掘り下げてみよう。たとえば、さりげなく緞帳《どんちょう》が開くような『金色夜叉』「第一章」冒頭はこんな文章なんで、まずはじっくりと読んでいただきたい。

未だ宵ながら松立てる門は一様に鎖籠めて、真直に長く東より西に横《よこた》われる大道は掃きけるように物の陰を留めず、いと寂しくも往来の絶えたるに、例ならず繁き車輪の輾《きしり》は、或は忙しかりし、或は飲過ぎし年賀の帰来なるべく、疎《まば》らに寄する獅子太鼓の遠響きは、はや今日に付きぬる三箇日を惜むが如く、その哀切に小き腸《はらわた》は断れぬべし。

現代の読書人にとってムツカシイといえばムツカシイ。しかしよく読むとわかるといえばわかるといったところかもしれない。

ではこの直後、東京というよりまるで江戸みたいな正月モードのなかで開催のカルタ会でのワン・シーン。すなわち、富山銀行創業者の御曹司で、でっぷりと太った金縁眼鏡をかける絵に描いた書割りふうの金満男富山唯継が、会場へ乗り込んでくる場面である。むろんかれの指には、例の目も眩むようなビッグなビッグな「金剛石」がギラリ。そこで会の主催者や参会者からこんなふうなざわめきの声があがる。

「まあ、あの指輪は！　ちょいと金剛石《ダイアモンド》？」
「そうよ。」
「大きいのねえ。」
「三百円だって。」

前後左右からさらに「まあ、金剛石よ。」「あれが金剛石？」「見給え、金剛石。」「あら、まあ金剛石？？」「可愛い金剛石。」「可恐い光るのね、金剛石。」「三百円の金剛石」と、こんな科白がくどいほどにたたみかけられている。

『金色夜叉』はつまり、こうした今様の平俗モダンな会話文と、前段の現代の読書人にはちとなじみ難い精巧な文語調の地の文があざやかなコントラストをなす、いわゆる「雅俗折衷」の文体で終始しているというわけだ（国木田独歩のいう「洋装せる元禄文学」！）。

ところで、既記のとおり紅葉は、本作にかぎらず、一貫してかくのごとく文章にこだわった作家である。だからそのことは、はやくからかれの周囲にあった人たちや後世の論者も一様に口にするところだった。たとえば、紅葉の代名詞的文学結社・硯友社の創設メンバーのひとり丸岡九華も、つぎのように回想している。すなわち、紅葉にあっては、掌編小説といってよい最初期のきわめて短文の「二人比丘尼色懺悔」からして、「先生の苦心と云ふものは一通りでなかつた。此文章などは殆ど幾度直したか分らない位です。今になつては尾崎は實にまづいなど丶云つて、自分の書いたものをひどくけなしてゐましたけれども、其當時先生が此事に就ては、一句々々自分が練つてハ書いた文章なんです」(「二十年前の尾崎君」)。

あるいは、今日の作家和田芳恵もかく論じている。紅葉は一代の文章家である。かれはつねに「文章に彫心鏤骨の苦しみを続け」、そこに「新時代の文章を確立する大きな役割を果たした」要諦があった。それこそ初出紙で『金色夜叉』の回が進むにつれて休載が多くなったのは、文章に凝って締切時間に間にあわなくなったためである。紅葉が読売新聞を退いた、これが大きな原因であった。紅葉は、文章のためには生活を犠牲にしても仕方がないと考えていた」(『大衆文学大系1　尾崎紅葉、徳富蘆花、小栗風葉、泉鏡花』「解説」講談社、一九七一年)。

そんなわけで、だれもがまさに文章の名人芸を讃える『金色夜叉』なんだが、その一方で、これまたすでに言及のとおり、作品そのものへの評価は存外に低い。そしてその根本的な理由は、今も昔もつねにたいてい一緒で、要するに物語が通俗的にすぎるということ。また、作中の人物造形や社会・時代思想の把握力が弱いというか、パターン的かつ月並みなんだということになっている。

そのことで、やはり右の和田芳恵はいう。紅葉は「文章に苦心努力したが、小説家としての眼は意外に常識的で、もう一歩踏み込むということをしなかった」（同上）。さらに、批評家の勝本清一郎もいわく、紅葉は「この一作で金力の世界を肯定せず、人間の愛情、友情、献身、社会正義の優位を世に訴えた」。ただ、「彼の理解した金力世界の実態が前近代性のものであり、これに対抗させた要素もまた封建世界のモラルにとどまった。ここに後年、この作の根本性格が通俗作品と批判された原因がある」と（「尾崎紅葉」『新潮日本文学小辞典』）。

けなされる『金色夜叉』

岩波文庫旧版の『金色夜叉』「解説」も担当の片岡良一の評価なんかは、もっと辛辣である。すなわち、紅葉にとってこの題材は荷が重すぎたのだった。たとえば、物語の主人公間貫一とお宮の別れる切れるのすべての問題の根本である金が、ほんとには描けていない。それは、結局「小道具的趣向的なもの」の域を出ていないし、人間の心理にまでしのび込む恐るべき魔力としては捉えられていない。「つまり金のほんとの恐ろしさはまるで描けてゐないのである。だからそれを根本とした長編悲劇は、結局リアリティの乏しい、趣向沢山のお話としかなり得ず、社会小説としては矢張り失敗したものとならざるを得なかつたのである」（「尾崎紅葉」『近代日本の作家と作品』岩波書店、一九四八年）

このようにある意味ケチョンケチョンなのである。そのとおりかもしれない。しれないがしかし、わたしはこうした一見もっともらしいコメントにいつも首を傾げてもいる。どれもいまふうのあと知恵というか、かねておなじみの文芸批評の典型的語法ではないかとおもわれてならないからだ。

どういうことかといえば、明治の文学に接するとき、およそ以上のごとく当時の作品へ「近代性」のようなものを見出し、これに高い評価を与えたり、あるいは逆にその至らない点を批判するといったことがしばしばみうけられる。しかもそのおり、たとえば「近代性」のような観念の内容については、今日のわれわれ自身の理解をそのまま前提にしていることが多い。そして、明治期の作家にみられる恋愛観を含む「近代的」な観念のなかに、われわれが理解しているそれとそぐわない部分や要素を見出すや、みてのとおりそれはまさに「前近代性」にあるんだとか、ゆえに「限界」があったんだとみて、しかもそこに「進歩」の観念が無意識のうちにも導入されて、明治という時代にはこうした「近代的」観念が不十分だったから、「時代の制約」のうえでやむを得なかったといったような判定がなされるのである。

それでわたしはおもう。こんな態度で過去の文学に臨むことは、あたかも富士山のてっぺんにでも到達した気分で、はるかに歩み来った苦難の道筋を展望する気分に似て、結局それは今日的視点への一定の満足と肯定の念に発するものなんだろう。つまりそういう態度は、当時の文学そのものの意義を見失わせることになるのではないかと。

わたしはだから、過去の文学に接するさい、ひとまずそのままでは今日有効性を失いつつある「近代的」な諸観念をひとまず棚上げにして臨むことが必要とおもう。つまり、明治の作家が抱いていた文学観念のなかで、むしろわれわれ自身が必ずしも自明のものとして受け容れがたいような部分に改めて着目することで、明治の文学をあらたに問い直す契機を見出すことができるのではないかということだ。そしてこのことは、過去の文学にたいする従来と逆の一方的な賛仰を意味しない。あくまで「近代的」な文学をその歴史的に形成されてきた多面的な総体として理解するということを意味するのである。

つまり紅葉にとって、そもそもなにゆえにこんな文学が必要とされたか、そしてそこにどんな意義と意味が付託されていたかということだ。

さてそこで、この点に関連するんだが、かつて三島由紀夫は、尾崎紅葉の一連の作品を評し、文学的評価みたいなものは半世紀を経てもけっして絶対のものじゃないと論じている。すなわち、「文学史家の作ったいわゆる定見なるものが最終的勝利を占めるには、半世紀でもなお十分といえない」のであると(『作家論』)。

なるほどこれはいかにもであって、この言、ほとんど公理みたいなものではないかとさえおもう。たとえば妙な比喩かもなんだが、わたしはしばしばそのことを音楽の世界で体験している。つまり、一定の時間をすぎると、かつてのB級マイナー・アーティストが一転してA級メジャーとしてもてはやされること。昨日の評価がまったく別の評価にとって代わるなんてことが多くあることを。

実際、今般わたしは本稿のために、ここでも使っている『金色夜叉』二〇〇三年改版の最新岩波文庫をあらためて通覧しているんだが、そのさいまさにそんな評価の逆転をおしえられている。

女の性《さが》

では、最後にこの点をみていくために、いま一度この物語の本筋をおさらいしておこう。わたしのみるところ、『金色夜叉』の肝は、なによりも「玉の輿」願望の暗喩となる「金剛石」に目がくらんだ主人公お宮と、それでフラレてしまった彼女に連綿と恋焦がれる貫一の恋愛模様に最大のポイントがある（多くの論者の指摘する金権主義や立身出世主義への批判、封建的な孝行や倫理のあり様は、このポイントを彩る道具立てというものだろう）。

そこで問題となるのが、金満男富山唯継へ嫁した宮の女の性《さが》ということになる。つまりそれは宮の、心は貫一に寄せたまま、あっちへフラフラこっちへグラグラの迷妄。そのうえで、ついには貫一への異様な求愛者と化すみたいな終始一貫自己チューの驚くほど得手勝手な女のキャラクターのことである。さらにこれにプラス、サブ・テーマとして描かれている、そうした宮にどこまでも振り回されるほとんどマヌケ男としかいいようのない名目上の夫富山と、一見敢然と宮を捨て去って高利貸しへ身を落とす「夜叉」と化したかのようにみえて、これまた内実はいついつまでもかつてのフィアンセへうらみがましくも驚くほど未練たらしい貫一のフヌケ男ぶりである。

この迷走に関して、岩波文庫最新版の「解説」をつとめている杉本秀太郎はいう。「宮という女性は、左翼くずれの批評家片岡良一によれば、『彼女はまるで自己が無かった。周囲の状況につれて浮動するだけで自己の行動に自ら責任を負う自主性が無かった。だから彼女は僅かに動かされたことによって容易に貫一から離れたとともに、嫁した富山にも自ら識らずに不貞を働いている』という。またかような主人公を作り立てた紅葉には『より積極的な、新しい恋愛道徳なり、女性（人間）の道なりを指示するだけの進歩性はなかった』ということになっている」（岩波文庫旧版『金色夜叉』上巻、昭和十四年四月初版の解説文）

杉本の見立てでは、つまりはこういう「とぼけた批評」のせいで、『金色夜叉』は失敗した社会小説の好例であり、宮は目覚めていない前近代女性のあわれな一例、尾崎紅葉は万事中途はんぱな未熟のまま若死にした通俗作家ということになってしまったというのである。

したがってまた、杉本の鑑識は、そうした従来の評価を一転させるような新奇な異を唱えることになる。すなわち、宮はホントにそんなに無自覚で自主性のない女だったか。とんでもない！　彼女は相対する貫一なんかには及びもつかない決断力もあるし、先を見通す知恵もあった女でもある。宮は親の望んだ、そしておのれも一旦フラリその気になった金満男富山との婚姻の義務を果たし、そのうえで「愛する貫一さんと密会もしよう、ふたり手に手をとって駆落ちしてでも、埴生の宿に相愛の夢を結ぶことも許すまい、いいえ、情死も許すまい。」とまあ、これだけの覚悟ができていたんだというのである。

なるほど、これもそうかもしれない。わたしはしかし、その一方でこの論の反駁する片岡良一の分析にも頷くところがある。つまりわたしのみるところ、これら二つの評価は、いずれかが誤っているのでもその逆でもない。要するに一方は、宮における「前近代性」に焦点をあててその方向から作品の限界を析出していて、他方はむしろ宮の「現代性」に目を向けてこの物語の魅力を語っているものなんだろう。逆にいえば、『金色夜叉』は、どちらの方向からも読みとれるものともいえる。したがって重要なことは、『金色夜叉』は、こうしたさまざまな「読み」を可能とする多くの要素が埋め込まれた物語なんだというところにある。言い換えれば、傑作に固有の多様な解釈を許容する小説作品であって、なによりもそこにこの物語のおもしろさがある。すなわち、この作品には、いつ読んでも、どんなに時代を経てもあらたな発見や解釈を愉しめる古典としての意義がみとめられるということだ。

『金色夜叉』の魅力

ところで、わたしにとって小説というものに関して、ひとつだけたしかなことがある。それはおのれの記憶や感情、体験や思想なりと共鳴する作品が、絶対的におもしろい小説だろうということだ。むろんそれが、たとえどんなに遠く離れた時代の物語であったとしても。

実際わたしは、三十代後半における『金色夜叉』初読のおり、もっと若かったころ散々フリまわされたひとりの女性のことをしきりと思い出している。むろんいま考えればほとんど滑稽な恋愛模様だったんだろうが、あの女性、なんだかお宮みたいなやつだったなというように（なにしろ、これまでの生涯でただ一度だけひと月余り十二指腸潰瘍で入院生活を送ったことがあるんだが、この病はそのころの狂乱の色恋沙汰が原因だったと推断している)。むろんあまりに私的なことなんで子細は控えるけれど、今でもその相方をホントに身勝手で不可解な女だったなとおもっている(もっともそこに夢中だったんだから、けっして貫一のフヌケぶりを嘲えないけれど)。

それはともかく、本作一読中そんな記憶や感情の共鳴からわたしの胸をかき乱し、あられもないおもいにさせた宮という女の心の動きを拾っておけば、たとえばこんなところとなる。

宮は貫一と別れて、富山と結婚。その初夜「床盃」のその期にあっても、かれを夫と定めたつもりはない。しかるに花婿のかれは、やがてけだるそうで機械のようにしか接してこない宮に、なんと美しい「花の姿」よ、「温き玉の容」よと、彼女を愛でてはいつも得意げに頤を撫でてばかり(だからこの男は、ほとんどどうしようもないマヌケとしかいいようがない)。また、宮はすぐに「玉の輿」のもたらす富貴にも厭きてしまい、「夫の愛情の如きは、有るも善し、有らざるも更に善しと、殆ど無用の物のように軽めたりき」となる。しかも彼女は、いよいよ夫の愛情の煩わしさに堪えかね、むしろ僾き昔の恋を一途におもうばかりというんだから、富山はいよいよもってイイ面の皮である。おまけに宮は、その「昔の恋」を再現前すべく、やがて貫一へつきまとうようになる。いまでいえば執拗な迷惑メールよろしく貫一へくり返しくり返し弁解とも恋文ともつかぬ手紙を送りつけるようにもなる(おかげで煩悶常ならぬいっそうフヌケにみえてしまう貫一)。

作品の最終編『新続金色夜叉』へサブリミナル的に掲げられるその書簡の一片は、たとえばこうだ。

私は何故富山に縁付き申候や、その気には相成申候や、又何故御前様の御辞には従い不申候や、唯今と相成候て考え申候えば、覚めて悔しき夢の中のようにて、全く一時の気の迷とも可申、我身ながら訳解らず存じまいらせ候。二つあるものの善きを捨て、悪きを取り候て、好んで箇様な悲しき身の上に相成候は、よくよく私に定まり候運と、思出し候ては諦めおり申候。

イヤハヤなんという得手勝手な、なんという自己本位な言い分ではないか。加えていまや何をみても、なんの楽しみもない毎日だが、貫一の写真を見ることだけは絶えずやっていて、すこしは憂さをはらし、ただただ「御前様御事を御死に死に候」なんて書いている。しかもその末尾は、毎度「恋しき恋しき、恋しき恋しき　生別れの御方様」とあって、サインは「おろかなる女より」なんてあるんだから、いまの時代ならこれはもうほとんど病的なストーカーそのものというものだろう。

それだから、とわたしはおもう。紅葉が『金色夜叉』で描いているのは、いつの世も変わらぬ女の本性である。女の不可解さである。女の身勝手さである。いまもきっとある女の魔性である。つまりそんな女とのおそろしく甘美な恋愛の道行きである。そしてその語りにあって紅葉が心血を注いだのは、『金色夜叉』という芝居劇やスクリーンでは絶対に味わえない文章だったのである。満天下の子女の心を時にときめかせ、時に作り話とは知りながら泪の袖をうるおしたぞっとするようなありうべき恋愛世界のかたちだったのである。

むろんプロットは、修羅場の連続。その趣向も月並みかつ通俗的で奇遇偶然も多く、まさに芝居そのものである。しかし『金色夜叉』は、社会小説としての枠組みが成功しているかどうかはべつにして、紅葉独特の「雅俗折衷」の「錦繍」の美文の力によって、一字一句へそうした芝居の趣意がにじみでている。重要なことはだから、これがまさに当時の明治の読書人の感覚にぴったりとマッチしていたのではないかということだ。そのことは、この作品が直後に『金色夜叉』の文体を踏襲してベストセラーとなった徳富蘆花の『不如帰』同様、新聞小説として驚くべき成功をおさめたことが端的に示しているとおもう。

第四章　嫁姑確執、戦死と離婚

徳富蘆花『不如帰』

明治三十二年

名作である。明治の「物語」を漁りはじめてこの方、すくなくともわたしにとって『不如帰《ほととぎす》』は、三本の指を屈するベスト・スタッフにカウントされている。作者はごぞんじ徳富蘆花――といいたいところではあるんだが、現状は忘却の淵に沈むもう読まれなくなってしまった明治の作家のひとりといってよいだろう。とはいえ「序」でも言及のとおり、蘆花はそもそもわたしを明治の「物語」の世界へ引き入れてくれた恩人作家のひとり。この作品はだから、それなりにじっくり掘りさげてみたいとおもう。

物語誕生まで

ではまず、あらかじめこの物語誕生にいたるなるほどの（とわたしはおもう）発端からみておこう。

明治三十一（一八九八）年、このころ蘆花はまだほとんど無名の文人であり、かつ変則的なサラリーマンでもあった（その意味は追々と言及する）。

この年蘆花は、妻愛子とともに、神奈川県、現在のJR逗子駅から南へほぼ一キロあまりの河口近くへ建つ大きな藁葺き屋根の「柳屋」という家で間借り暮らしをしている。柳屋というのは、かつて旅籠屋だった時分の屋号をそのままのこしたもので、このころは現在でいう避暑・避寒客目あての旅館ともアパートともつかぬ賃貸しの家だった。蘆花夫婦の借りていたのは、その家のちいさな台所付きの三畳半と八畳二室。だから、ほとんど小振りの一軒家での暮らしみたいなものだったろう。しかもその八畳の座敷のひとつからは、遠くに逗子の海岸、さらに後に『不如帰』によって有名になった浪子不動のある新宿の海岸まで眺望できたということで、ちょっと汐の香る風情の結構な住み処といってよい。

そもそも蘆花夫婦が、東京赤坂の氷川町からこの地へ移り住んだのは、前年の明治三十年正月。逗子界隈には、蘆花の両親の隠居宅や親類筋の別荘があって、以前からかれらには慣れ親しんだ土地でもあった。また、それゆえに夏ともなれば、徳富一族の子供たちが往来するところでもあり、実際柳屋への親族・知人の訪問もあったという。そして物語誕生の発端も、まさにそのヒトコマからはじまる。

徳富蘆花『不如帰』岩波文庫新版、2012年

物語の発端

蘆花夫婦がこの地で二度目の夏を迎えた八月のある日のこと。柳屋へかれらの見知った母子づれの訪問客があった。母親は福家安子という陸軍軍人の未亡人で、昨年の夏柳屋へ親類の子供たちを引き連れて遊びにきていた女性だった。つまり二人は、彼女

とは昨夏のひところそれなりに親しくつきあっていた仲というわけだ。

福家夫人の突然の訪問には、こんな理由があった。自分は最近長患いをしたんで、病気保養もかねて、例年どおり子供たちとこちらへやってきた。ところが時期がちと遅かったのか、柳屋はもとより、この界隈のどこの旅館もみな部屋がふさがっている。しかも近郊でも、民家の空室がない。そこで夫人は、昨年来の顔見知りである蘆花夫婦へ、このさいだから二人の使っている八畳二部屋のうちの一間をなんとかしてもらえないかと切なる懇望となったのだった。

そのあたりのヒトコマ、蘆花の自伝的小説『富士』（第二巻、一九二六年）から引いておこう（なお、ここでの「熊次は」蘆花、「駒子」は愛子、「幸野夫人」は福家夫人のこと）。

「幸野婦人」すなわち福家安子の懇願に「熊次は駒子と顔を見合わせた。夏場だけなら表の八畳をご用立てしませう、といふ駒子の申出に、幸野夫人は泣かぬばかり喜んだ。……裏の一室（暗い三畳半はあるが）に縮まつた熊次夫婦は、流石に可なり窮屈であつた。夜は唐紙、昼は簾で中を隔てても、未だよく識らぬ人と斯く近しく住む事は、新しい経験であつた」。

よく識らなかったという福家夫人は、しかしながら存外気さくな女性だった。彼女はまた、料理や家事万般に長けていた。それで女学校（女子高等師範学校高等師範科）を卒業してほどなく蘆花のもとへ嫁いできた二十歳の愛子にとって、ありがたい家事アドバイザーとなってくれる。さらに彼女の子供たちも蘆花夫婦へ親しくなじんでくる。親しくなれば身の上話のひとつふたつも出てくるというしだいで、福家夫人の生い立ちも段々とわかってくるのである。

すなわち、福家安子は、四国香川県の生まれで、十六歳のときに同郷の従兄だった福家という陸軍の軍人のもとへ嫁ぎ、二男四女という六人の子宝に恵まれた。夫は追々と出世をかさね、やがてその俊秀ぶりが大山巖大将の目にとまって（当時は中将）、大将が陸軍大臣のころには副官に抜擢され、中佐へと昇進する。

ところが、ここで日清戦争勃発となった。大山大将が、第二軍司令官へと転じて出征となったのはいうまでもない。したがって福家中佐が同行となったのも当然である。だがこの戦争のさなか、福家中佐はあっけなく戦病死。ために大山大将は、その遺骨の一部を陣中の傍らへ置き、つねに手離さなかったほど深く嘆いたんだとか。

三十歳をこえたばかりの福家安子は、こうして十五歳を頭に六人の子供を残された寡婦となってしまう。とりあえず生活には困らなかったまでも、病気がちで、子供たちも病弱。彼女はそれで、毎年避暑と保養をかねて逗子界隈へ長逗留というわけである。未亡人はつい愛子へ向かってため息をつく。「戦争なんて本当にいやなものですよ。最初の内は名誉の死だの、遺族の、御気の毒のとちやほやしても、其当座きりで、一年も立つと見かへってくれる者もありやァしません」

そうして、ポイントのこの年の夏も終わりかけたある夕暮れどきに至る。福家夫人の子供たちは遊びに出かけている。両家を隔てる簾を巻いて、ランプもつけずに、白い浴衣姿で三人はしんみりと四方山話に黄昏の時間を過ごしていた。話題がふと大山大将の「家事」におよんだのは、そのときのこと。なにしろ夫人の夫だった福家中佐は、大将にとても愛され、副官として公私ともども一家同様に遇されてもいて、彼女も大山家の内情は知りつくしている。

夫人はいう。大山大将の長女で、先妻の忘れ形見の信子が薄幸の運命をたどったのだと。どういうことかといえば、大山家の令嬢信子は、大将と同郷の三島家へ嫁ぎ、肺病になって離縁され、ほどなくして亡くなってしまったというのだ。世間知らずの蘆花夫婦には、これがまったくの初耳。ただ、そういえばで思いだす。以前愛子が女学校在学のころたまたま大山大将の後妻の姉が寄宿舎の「舎監」をつとめていた縁で、一度大山邸で同窓生と茶菓の饗応を受けたことがある。そしてそのおりその信子をちらと目にした憶えがあるなと。

蘆花もどこやら西郷南洲の風貌を帯びる大山大将が好きだった。にわかに身を入れて聞く二人に、福家夫人は長いあいだの胸のふさがりを、いまはらすかのように熱心に話をつづける。「先方のご主人も大層お嘆きになすつたさうです」。が、それでもやはり、信子は離縁されてしまう。父の大将は、恚《いか》って信子を引き取った。娘のために自宅へちいさなはなれを建ててやった。日清戦役の終結で凱旋すると、信子を連れて上方見物へ連れていったりもした。けれども信子は、とうとうそのはなれで亡くなってしまう。

問題のその場面、では再度蘆花の文章から引いておこう（なお、ここでの「N子」は信子、「静子さん」は福家夫人のこと）。


最後があはれであつた。鼻をつまらせながら夫人は話をつづけた。夫人が音づ《ママ》れると、N子

は喜び、眼に一ぱい涙を溜めて、

「静子さん、もうわたし二度と女になんぞ決して生れはしませんよ」

駒子の影が啜り泣きはじめた。片膝抱いて床柱にもたれ眼を閉ぢている熊次の背筋を、冷たいものがずいと走つた。

「小説だ。」

同時に熊次の頭に斯く閃いた。

さてどうだろうか。蘆花の自伝的小説『富士』からまとめた右の一夕話、実はたしかにホントのインサイド・ストーリーなのである。そこで蘆花の物語再探訪のために、あらかじめその実話を補足・整理しておこう。

まず大山大将とは、いうまでもなく明治の元勲のひとり、大山巌のこと。信子はむろん、その大山の先妻沢子の長女だった。信子の母沢子は、さらに二人の子をのこして、明治十五年に亡くなる。そのあと大山の後妻として一家へ入ってくるのが、会津出身という山川捨松。そして、この継母捨松のもとで長じた信子は、明治二十六年、十七歳のときに大山と同郷鹿児島出身の三島弥太郎のもとへ嫁いでいくことになる。

他方で信子と離縁にいたる夫の三島弥太郎は、はやくからアメリカへ留学、コーネル大学等で農業経済学を学び、帰朝後農商務省へつとめる若手技師。また、かれはやはり大山と同郷の三島通庸の長男でもあった。つまり、明治十年代の後半、自由民権運動のいわゆる激化事件の弾圧で名を馳せた薩閥の内務官僚だったあの三島通庸の跡取り息子というんだから、二人の結婚はいまでいうセレブ婚にほかならない。

ところがこのめでたいセレブ婚、新婚二カ月にして暗雲がたち込める。福家夫人のいうとおり、新婦信子の肺結核が露呈したからだった。ごぞんじのとおり、この時代結核はほとんど死病である。むろん伝染も恐怖されてもいるころ。大山家はゆえにこそやむなく娘を実家に引きとることになる。それから転地療養やらなにやら治療をこころみているうちに、離婚話が持ちあがってきて、結局一年もたたないところで離縁となってしまう。

蘆花の自伝的小説が「最後があはれであつた」というのは、むしろしかし、そのあとのことだろう。信子は、大山の別邸がある沼津で療養をこころみたり、東京青山にある私邸の敷地へ隔離棟を建ててもらったりで、とにかく一心に病と闘う。病状はしかし、いっかな好転しない。かくして大山の日清戦争への出征と凱旋をみたあと、明治二十九年春、信子はわずか十九年のまさしく「あはれ」としかいいようのない薄命の生涯にピリオドを打つのである。

くり返すようだが、どうだろうか。おもうにこの実話はそれ自体、ほとんど小説そのものといえるのではないか。というかこれだけでも、たしかになにがしか人の胸を打つはかなくも「あはれ」なところがあるとおもうのはわたしだけではないだろう。事実、だからこそ蘆花は、このリアル・ストーリーを発端にして書きあげた物語によって、時代の多くの日本人の紅涙をしぼるようになったとあれば。

蘆花の人生

では、そのことはひとまずおいて、つぎに『不如帰』へ至るころまでの蘆花の実人生をごく簡略にたどっておこう。

広く知られているように『不如帰』出現のころまでの蘆花の生涯といえば、明治の大ジャーナリストだったかれの兄徳富蘇峰との関連で語られることが多い。なぜかといえば『不如帰』を出発点とするかれの作家人生は、蘇峰の存在をぬきにしてはありえないというか、ほとんど考えられないからである。

たとえば、蘆花の学校キャリアは、熊本洋学校、大江義塾、同志社と蘇峰のそれをそのままなぞるようなルートをたどっている。クリスチャンの洗礼を受けたのも同様であり、成人して文筆家の道を歩みだしたのも蘇峰の庇護のもとである。つまり、明治二十年、蘇峰創刊の『国民之友』の記者としてよろずライターの道へ踏み入れて以来、仕事のほとんどは蘇峰のあてがいで、ギャラも蘇峰の独断で支給され、執筆メディアも蘇峰の『国民之友』か『国民新聞』で、刊本もほとんど蘇峰経営の民友社ばかり。かくてこれではならじと、自らいうところの「新生」を期して東京から逗子柳屋へ転居したのが、蘆花三十歳のときだったのである。

もっとも、ころもよしというか、蘆花はこの明治三十年春、民友社発行の「十二文豪叢書」の一巻として『トルストイ』を上梓（ちなみに、これはわが国初のトルストイ伝だった）。しかもちょうどそのころ客員扱いのライターへ格上げとなり、寄稿義務をべつにすれば出社もフリーとなったところである。つまり冒頭柳屋にあった蘆花が、このころ文筆家であったと同時に変則的なサラリーマンでもあったとはこの謂だったのである。

蘆花はまた、柳屋にあったころ執筆に倦んだり、気のふさぐおりには、気ままに従前より好む自然相手の絵のスケッチ旅行へでかけ、箱根や鹿島、さらに終焉の地となる伊香保温泉への旅も楽しんでおり、まことに呑気にして自由な日々を送っている。

では、逗子における二度目の夏、福家安子におしえられた一夕話はその後どんな経路をたどったか。これは、蘆花の物語として結実し、驚くべきベストセラーとなった後年、明治四十二年発表の「第百版不如帰の巻首」からみておこう。

福家の「婦人は間もなく健康になつて、彼一夕の談を手土産に都に帰られた。逗子の秋は寂しい。話の印象はいつまでも消えない。朝な夕な波は哀音を送つて、蕭瑟たる秋光の浜にたてば影なき人の姿がつい眼前に現れる。そこで話の骨に勝手な肉をつけて一片未熟の小説を起草して国民新聞に掲げ、後一冊として民友社から出版したのが此小説不如帰である」。

『不如帰』は、こうして明治三十一（一八九七）年十一月、『国民新聞』連載小説として世に現れた。途中幾度かの休載もあったが、連載は翌三十二年五月に完結する。刊本となったのは、さらに翌年の明治三十三年一月で、初版も二千部だったというんだから、蘇峰はじめ版元の民友社にこの作品へさほどの期待もなかったことは疑いない。

ところがこれが、実にタイヘンなメガヒットとなったのである。単行本となって二カ月後には再販。あとは怒濤の一瀉千里で、増刷また増刷の連続。蘆花が右の一文を書いた明治四十二年には百版、昭和二年には二百版近くまで達したというんだからスサマジイ。

『不如帰』の評価

したがって『不如帰』の評判を語るものはいくらでもいる。たとえばそのひとり、俳人の高浜虚子はいう。「最初一二頁読むつもりなりしも、到頭徹夜致し候。読過の際、しばしば涙のこぼるるを覚えず。読み終わって、純血の血が湧く心地いたし候」。加えて虚子は、「小説に涙を落とす火鉢かな」と得意の一句までそえている。

もうひとり、同時代のジャーナリスト生方敏郎も、まだ学生だったころの明治三十二年の夏に『不如帰』へ目をとおしたとかで、こう記している。「それは二十六版だった。一夏の間にそれだけの版を重ねたのでその評判は素晴らしく、徹夜して私も、また私がそれを貸した友人も、涙ながらにそれを読了した」（生方敏郎『明治大正見聞史』一九二六年）

生方はまた、ほかのところでも、蘆花は通俗専門の作家ではなく、「文壇と通俗とを二つ一緒にして向こうへ廻しその名にし負う健筆を振るった」作家であるとして、こんな評言も発している。

蘆花は、明治三十年代初頭、突如として天の一角から現われ、「燦然たる光輝」をもって読書界を眩惑した。ただかれは「そのデヴュする時から、他の文人の持たぬ二つのトクを持って出て来た。その一つは『国民新聞』を背景に持つことである。他の一つは蘇峰学人徳富猪一郎氏をその兄に持つということである」。よってすくなくとも誰しも蘇峰の「令弟」と聞いては多少好奇の心をもって、その処女作『不如帰』を迎えたことは争えないところだろう。そのうえ「時は世間に軍人崇拝熱の最も高き日清戦役後であり、小説の内容はこの戦争を背景とした軍人の家庭生活であり、新旧思想の衝突という新しそうな招牌あり、加うるにモデルは時の最大人気外征将軍大山巌侯の可憐哀切の息女である。責め道具は揃っていた。盛んに売れて盛んに読まれた。売れる〳〵という評判のためにまた売れた」。そしてかれはこう結んでいる。

「蘆花氏の『不如帰』は小使いでも読んでいた」（「明治三十年前後」『明治文学回想集（下）』一九九八年）

なるほどとわたしはおもう。また、いまだってホントはかくあっても不思議はないんだがなとも。

メガヒットの要因

さて、明治後半期に出現の名作『不如帰』誕生の発端はすでにみた。また、この作品の初出が、作者の実兄蘇峰の経営する『国民新聞』で、連載終了からほぼ一年後の明治三十三年一月に刊本化。作品の人気に火がついたのはこの時点からだったということも。そこでこのあたりの道筋を、単行本版元の民友社の主宰者でもあった兄蘇峰の回顧談からふり返っておこう。

蘇峰は、そのころ蘆花は妻愛子とともに逗子の柳屋という賃貸しの家で暮らしていたと言及したうえで、つぎのように語っている。「彼等の奇寓したる柳屋には、襖一重を隔てたる隣室に、大山〔巌〕陸軍大臣の秘書官でもあつた福家氏の家族が寓居して居た。それは多分病気療養の為であつたらうと思ふ。徒然の余に其の家族が話したのが、大山家の家庭譚である。それを蘆花弟が耳聡く聴取り、小説化したのが即ち『不如帰』である」。そして、世間にこれが認められるまですこし時間はかかったけれど、「日清戦争を舞台とした為に、殊に戦後の人気を博した。かくて『不如帰』の著者、徳富蘆花は、日本の文壇に一の星座を見出した」(『弟 徳富蘆花』一九九七年)。

蘆花を文壇における「星座」たらしめたというこの作品の大ヒットの要因、ではいったいどんなところにあったたか。これは、右に紹介の同時代のジャーナリスト、生方敏夫の評言をいま一度引いておこう。すなわち、生方の「明治三十年前後」によれば、「時は世間に軍人崇拝熱の最も高き日清戦争後であり、小説の内容はこの戦争を背景とした軍人の家庭生活であり、新旧思想の衝突という新しそうな招牌あり、加うるにモデルは時の最大人気外征将軍大山巌侯の可憐哀切の息女である」(『明治文学回想集』)。

つまり、この作品における生方のいう「責め道具」とは、物語の背景にある日清戦争後の社会環境とそのころの家庭生活の有様、新しげな思想動向、そして人びとの耳目をそばだたせるようなモデルのある種スキャンダラスな哀話への興味であって、これが『不如帰』大当たりのゆえんだったというわけだ(ちなみに、これらの見解はその後のほとんどの『不如帰』論でも踏襲されている)。

ところで、生方の論も『不如帰』における評判の核心のひとつにカウントするモデル論なんだが、この点には今日さまざまな異論がある。というのは、物語の内容は対象となったモデルの事実と異なるところが多いし、作者が俗にいうモトネタをほとんどリサーチしていない。しかもそのことを蘆花本人も認めているし、公言してもいる。よって『不如帰』は厳密な意味でというか、文学用語にいう「モデル小説」とみるわけにはいかないというように(たとえば定評ある中野好夫の伝記『蘆花徳富健次郎』もこの説を採っている)。

そのとおりだろうとわたしもおもう。たとえばこの問題では——つまり、作品と実話との相違に関しては、蘇峰のつぎのような回顧談が示唆的だろう。「予は『不如帰』が大山家の家庭を材料として組立てられたとは夢知らず、当初は国民之友か、国民新聞かに連載せられて居たが、やがて一冊の書籍となり、民友社から出版せられたのを又読直して見て、予も数滴の涙を落すを禁ずるを能はなかつた。それと同時に之が大山家の家庭に触れて居る事をも気附かずには居られなかつた」。そして、それがために「正直の処、予は当惑した」。

では、蘇峰が「当惑した」のはなにゆえだったか。というとそれはむろん『不如帰』出現のころかれが、『国民新聞』や『国民之友』主筆として多くの貴官と親しく、小説の「材料」とされている大山巌もそのひとりだったからにほかならない。蘇峰はそれで、右につづけて往時は「大山家を訪問するには聊かきまりが悪かつた」と吐露し、「少なくとも大山侯爵夫人に対しては気の毒の至りであつた」とも回想しているのである（前掲『弟 徳富蘆花』）。

ではまた、そうだとするなら蘇峰は、『不如帰』のいったいどんなところに当惑して、ことに大山夫人を「気の毒の至り」とまでおもったか。ここからそのあたりを検証しつつ、「大山家の家庭を材料として組立てられた」物語そのものの内容をみていこう。

実話と小説

まず、さきに強調しておいたとおり、ストーリーの骨格が、それ自体ほとんど小説そのものみたいな実話を下敷きにしているのはいうまでもない。すなわち、大山巌の「可憐哀切の息女」のわずか十九年のあわれ薄幸の生涯がそれである。しかし、物語と実際のその「家庭譚」とはだいぶん異なっているのも右のとおりだ。その点を、蘆花の翻案・肉付した筋立てからやや詳しくチェックしてみよう。

ヒロインの名は、ごぞんじ川島浪子。なにしろ、いまや逗子「浪子不動」の浪子である。新派劇の舞台や幾多の映画でかつて人口に膾炙したあの浪子である。

またその名は、かねて蘆花夫婦がふたりに子ができたらこの名にしようと決めていたもので、逗子海浜の可憐な通称ナミコ貝にゆらいすることもよく知られている。多くの蘆花伝でしばしば引かれるそのワン・シーン、とても美しくロマンチックな情景なんでこちらも一瞥しておこう。すなわち、蘆花の自伝的作品だった『富士』第一巻にある、熊次こと蘆花、駒子こと愛子夫婦のこんな対話の場面でいわく、

熊次は駒子を誘ひ出して浜に往つた。日はかんかん照つて海の風は涼しく、さざ波寄する渚には美しい貝がきらめいて居る。波が寄すると顔を出し、引けば直ぐ砂にもぐる小さな貝を、駒子は拾つて熊次に見せた。

「何て可愛いのでしやう」

三角で偏平な、滑つこい、小指の先ほどの貝。白いのもある。薄紫のも居る。波が引くと大急ぎで砂に隠れる状《さま》が、如何にも可愛い。

「此は可愛い。何といふ貝だらう？」

「ナミコつて云ふさうですよ」

「ナミコ……波子……波の子。美しい名ですね。女の子の名に好い」

女の子が生れたら「ナミコ」とつけることに、二人は直ぐ一致した。

結局二人には女の子も男の子も生まれなかったわけだが、蘆花はこれをそのまま『不如帰』のヒロインの名に採ったのである。むろん作中におけるその浪子の姓は、川島家へ嫁いでからのもので、それまでは片岡陸軍中将の娘だ。その実父は、はやくに浪子の生母が亡くなったため、英国留学帰りの万事ハイカラで男まさりの勝気、気位が高く、何事も西洋風にやっつけてしまう冷徹な女性を後妻とする。浪子はだから、父にも自分にも理詰めでズケズケものをいうこの継母のもとから嫁入りを果たすことになる。

たとえば、古くから浪子の面倒をみてきた幾という名の姥の登場する浪子輿入れの場面は、こうだ。

「奥さま（浪子の継母）は御自分は派手が御好きな癖に、御嬢様には嫌《いやア》な、ぢみなものばかり、買つて御あげなさる」と毎《つね》に呟きし姥の幾が、嫁入り支度の薄きを気にして、先奥様が御出《おいで》なつたらとかき口説いて泣きたりし。

つまり『不如帰』は、いわゆる継子いじめのシークエンスから始まっていて、それはもう卑俗な書割りパターンといってよい。古くは西洋のシンデレラ・ストーリーや『落窪物語』（十世紀）、新しくは橋田壽賀子の一連のテレビ・ドラマじゃないが、人みなおよそこの種の話には弱い。

そしてそれだからこそ浪子自身も父中将も継母も姥も、それぞれがひと息ついたとされる彼女の嫁入りはなんだかめでたいとなる仕掛だ。

浪子の新夫は、川島武男という名の絵に描いたような凛々しくも心優しい海軍軍人である。川島家には、その床柱に武男の母がいる。つまり、リューマチを患い、それもあってなにかとイラついて口喧《やかま》しいお鹿という姑がいる。むろん浪子は一心に、献身的に、けなげに彼女へ尽くす。ところがすでに夫を亡くしているこの姑は、浪子にえらく厳しい。とまあ、これまたある意味ベタな通俗パターンといってよい。つまり第二幕では、古今東西万古不易の——ことに湿潤な精神風土にあるわが国にあっては、おそろしいまでに古くて新しい嫁と姑の対立というテーマの出現となる。断言してもいいとおもうんだが、われらはこの手の嫁姑話には継子いじめのそれ以上に弱い！

さらにここへ、千々岩安彦という武男の従兄がからんでくる。かれもやはり軍人だが、武男と異なり陸軍所属。そもそも余り育ちのよろしからぬその千々岩、実はかねておのれの立身出世の足掛かりとして、片岡中将の娘を狙っていた。しかるにその浪子を武男に取られてしまったというんで、陰でなにかと武男夫婦へイヤガラセをする。たとえば、武男不在のおり川島家へ足を運んで、姑へ浪子の悪口を吹き込むなんて具合で、これまたまことに通俗ドラマ的に卑しく陰険な男なのである。

しかもこの千々岩には、陸軍へ出入りする当時にいう成金の「紳商」（政府の御用商人）、山本兵造がついてまわる。で、この山本、あやしげなビジネスのため千々岩へ賄賂を贈ったりとか、いかにも強欲な「紳商」のサンプルらしく描かれている。山本にはまた、お豊という一人娘がいて、このお豊が武男にぞっこん。浪子との結婚後も武男をあきらめきれずしつこくかれにつきまとう。そこで父親の山本は、まあ待て、待てば海路のなんとかみたいな調子で、人生そのうちよいこともあると娘にいいきかせる。そしてこれが、その後のストーリーにおけるちょっとした伏線のひとつともなっていく。

ところで、物語前半のここまでの筋立てからも直ちにみてとれるとおもうんだが、『不如帰』では、登場人物がおよそ二項対立的な白黒、善玉悪玉にくっきりと色分けされている。そしてこれが実は、この物語に限らず蘆花のほとんどの小説作品における最大の特徴のひとつなのである。すなわち、以上のプロットからもその○印の善玉と●印の悪玉は、かく分類される。なお、カッコ内は、読者が想定の実在のモデルだ。

○片岡中将（大山巌）、浪子（大山信子）、浪子の実母（大山沢子）、川島武男（三島弥太郎）、姥幾。

●浪子の継母（大山捨松）、浪子の姑お鹿、千々岩安彦、山本兵造。

一例だけ、やはり冒頭のシーンから蘆花の叙する幼いころの浪子と継母の○●、善玉と悪玉の描き方をちょっと引いてみよう。

浪子は、片岡中将からことのほか愛され、可愛いがられている。継母はしかし、まさにそこが気に入らない。それで浪子は、継母のまえでは父に甘えるそぶりをみせないように心がける。が、まれにそんな甘えに気づかれてしまうこともある。すると、浪子の「母は自分の領分に踏み込まれたる様に気を悪くするが辛く、光を掴みて言寡に気もつかぬ態に控え目にして居れば、却て意地悪のやれ鈍物のと思はれ言はるゝも情無し。……父ありと云ふや、父はあり。愛する父はあり。然りながら家が世界の女の児には、五人の父より一人の母なり。其母が、其母が此通りでは、十年の間には癖もつく可く、艶も失すべし。『本当に彼女は些もさつぱりした所がない、いやに執念な人だよ』と夫人は常に罵りぬ」。浪子はかくて、どんな鉢に植えられても「花は花なり」と呟き、なのに「浪子は実に日陰の花なり」と嘆く……。

どうだろう、いかにもではないか。しかもこうした明暗白黒のコントラストを対比させるような調子の筆致は、物語のエンディングまで通貫しているのである。

ところでまた、そのことに関連していささか興味深いのは、こうした二分法的・二元論的文章が、蘆花の兄蘇峰のいわゆる思想的論文にもうかがえることだろう（たとえば蘇峰は、明治十九年の出世作『将来之日本』で、現時の世の中は「腕力世界」と「平和世界」、「貴族的社会」と「平民的社会」、「旧日本」と「新日本」の対立と捉えているが、それぞれ前者が○（善玉）、後者が●（悪玉）と描かれているのはいうまでもない）。というのは、ジャンルこそ違えども、近代日本の文壇における「豪華ブラザース」とも称されるこの兄弟、ともにえらく大衆的な人気を博した文人だった（坪内祐三『文庫本福袋』二〇〇四年）。そしてそのポピュラリティの源泉の一端は、そうした技法にあったのではなかったかというわけで。換言するならそれは、一面では素朴単純な修辞スタイルなんだが、他面ではそれゆえに多くの人びとへアピールし、まさにそうした技法こそ「豪華ブラザース」が膨大な読書人に受容されたポイントのひとつだったとおもわれてならないからである。

とするなら、そもそも蘆花の物語におけるそうした白黒善悪を対比させるいわゆる勧善懲悪の思考パターンとそれに起因する創作パターンの淵源はどこにあったのか。これに関しても、やはりほかならぬ蘇峰がこんなふうに語っている。すなわち、昭和二年、蘆花が亡くなった際の一文「弟を弔するの辞」で、自分が凡才だったとすれば、弟はまぎれもない「天才」だったと力説しつつ、同時に子供のころからかれは「弱虫、泣虫、怒虫、偏屈虫」だった。また弟は、何事にも辛抱ということができないというよりも、むしろそういうことが大キライだった。「それで弟の極く幼少な時分には、帳面二つ、善人帳と悪人帳と云ふものを拵へて、先ず自分の好きな人には善人帳、嫌ひな人は悪人帳と云ふものに書いて置いた。恐らくは此の善人帳、悪人帳の気分は、彼の死に至るまで残つて居ただらう」。そして、蘆花の著作では、おのずからこれらいずれかのノートへ掲げられた者があって、「悪人帳に掲げられた者は、洵に不仕合せな者であつたかも知りませぬ」というのである（『蘇峰自伝』一九三五年）。

つまりこういうことだ。刊本化された『不如帰』を通覧した蘇峰が、いささか当惑しつつ、ことのほか大山巌夫人を「気の毒の至り」におもえたというのは、ひとつには作中浪子の継母に擬せられた彼女が、みてのとおり、蘆花の悪人帳へ掲げられる「不仕合せな者」にモディファイされていたからということだ。

周知のとおり、実際の大山巌夫人すなわち山川捨松といえば、明治の初年に津田梅子とともに渡米。アメリカの大学で学んだ帰国子女の走りのひとりで、帰国後赤十字や愛国婦人会で活躍の女傑だった。また、若いころから西洋かぶれで有名な大山巌の後妻となってからも賢夫人として知られ、大山とはもとより連れ子の信子（浪子）との仲もよく、彼女の発病後も実父以上に献身的な看病につとめた良妻賢母。つまり大山巌夫人は、蘆花に造形された冷徹でイジワルな継母像とは真逆のようなキャラクターで、蘇峰もその実情をよく了解していたのである。

そこで、再び実情に反した二項対立で終始する人物に彩られた『不如帰』の内容へもどると、上掲のとおり浪子が人知れず川島家の姑になにかとつらくあたられているさなか、夫の武男は遠洋航海へ発つ。この航海から帰還後ほどなくかれは、千々岩と「紳商」山本に関するあやしからぬ噂を耳にする。のみならず千々岩が、密かに自分の判子をもって大金を手にする悪行を知り、かれらとの義絶に至る。その仔細は割愛するが、このごとく『不如帰』では、かれら悪玉連の不義陋劣《ろうれつ》な所業をサブテーマのひとつとして物語りつつ、日清戦争後の社会環境を描いてもいる。つまり、人文学者の好むタームを使えば、勃興期資本主義の悪弊と人間類型を剔抉《てっけつ》しているなんてことになる。

ところが、ちょうどこのあたりで、物語の展開はさりげなく暗転していく。すなわち、この年の冬の寒さはことのほか格別とかで、「健やかなるも病み、病みたるは死し、新聞の広告は黒圍《くろぶち》のみぞ多くなり行く。此寒さはさらぬだに強壮からぬ浪子の仮染の病を募らして、取り立てては此と云ふ異なれる病態もなけれど、たゞ頭重く食重からずして日又日を渡れるなり」。

継子いじめから嫁姑の対立をへて、ここからいよいよ本筋の病気による美人薄命、あざといといえるほどの超メロドラマへ転じていくのである。

超メロドラマ

近代以降の日本文学史をひろく網羅する伊藤整の好著『日本文壇史』（一九五二〜六九年）は、蘆花の出世作『不如帰』の評判ぶりをこんなふうに記している。

『不如帰』は、公刊された初版二千部がなくなった頃から思いがけない反響が沸騰した。たとえば、「『国民新聞』の論敵であった新聞『日本』が、二日にわたってこの書を親切に紹介して賞賛した。『朝日』では著名な論客の角田浩々歌客が、長文の推奨の言葉を連ね、その中に『同情が普遍的なのが成功の要素』と批評してあった。『東京日日』では雨谷一菜庵がこの小説に感嘆して『音楽である』と賞賛した。口の悪いので知られた堺枯川が感激した批評を書いた」。

いかにもだろう。明治三十三年、まさにこの作品のおかげで蘆花は、「突然尾崎紅葉と肩を並べる天下の流行作家になった」のだ。

伊藤はまた、『不如帰』と尾崎紅葉を文壇スターダムへ押しあげたかれの代表作『金色夜叉』には類似点があるとし、蘆花はこの作品で、『金色夜叉』と同じように、地の文を文語体とし、会話の部分を口語体にしたんだとも指摘している（同書第五巻）。

では、こうした点を念頭に置きつつ、あらためて『不如帰』の筋立てをおさらいしておこう。『不如帰』は、ごぞんじのとおりラブロマンスがメインの物語である。わたしの見立てでは、それこそ尾崎紅葉の『金色夜叉』に匹敵する明治の二大傑作通俗文学ではないかといいたくなるほどの。ところで、通常ラブストーリーというのは、文学であれ映画であれ舞台劇であれ、その愛の道行へさまざまな障害や困難があって、最後に結ばれるようなハッピーエンドでピリオドを打つパターンが多い。この作品はしかし、ある意味幸せなゴール地点からはじまっている感がある。すなわち、物語の主人公となる男女、海軍中尉川島武男と浪子は、それはもう完璧に仲むつまじいカップルなんだから。

文語体による地の文と口語体による会話文のクロスする二人の熱々ぶりは、たとえばこんな具合だ。武男が出先から帰宅。出迎えた浪子は、お疲れでしたでしょうと労りの声をかける。武男は彼女をふり仰ぎみて「浪さんこそ草臥《くたび》れたらう、――お、綺麗」。すると「?」ときて「美しい花嫁様と云ふ事さ」。「まあ、嫌――彼様な言を」なんて、蘆花もイイ歳をしてよくぞこんなラブラブ言葉を連ねたもんだといいたくなるくらいで、おまけにこんな相愛の一景がつづくのである。

さと顔打赤めて、洋燈の光眩しげに、目を翳したる、帯は蒼きまで白き顔色の、今ぼうつと桜色に匂ひて、艶々とした丸髷宛ながら鏡と照りつ。浪に千鳥の裾模様、黒襲に白茶繻珍の丸帯、碧玉を刻みし勿忘草の襟どめ、（此のたび武男が米国より持て来たりしなり）四分の羞六分の笑を含みて、嫣然として燈光のうちに立つ姿を、吾妻ながら妙と武男は思へるなり。
「本当に浪さんが斯様着物を更へて居ると、昨日来た花嫁の様に思ふよ」
「彼様な言を――其様《そん》なことを仰有ると往つてしまひますから」
「は丶丶丶、最早言はない〳〵、其様逃げんでも宜いぢやないか」

どうだろう。勘弁だよなとだれしも微苦笑のワンシーンではないか。しかしこれは、けっして文字の遊戯でもなければ筆がすべったわけでもない。注意して読めばみてとれるはずだが、のちの『自然と人生』（明治三十二年）を想わせる文語体での風貌や衣装の精細な描写、口語体でのそれぞれの心理を醸しだす会話文は舌を巻くような、実に巧みな蘆花の文章技法の一例なのである。

それはともかく、こんなふうに幸せな新婚生活を送る二人なんだが、他方でかれらの周りを、何人かの悪いやつらがうろうろしている。むろん犯罪者なんかじゃない。悪玉に描かれているそうした人物は、それぞれの思惑があって動いているだけなんだが、それが結局二人を引き裂こうとするというしだいで。

まず、千々岩安彦という男がいる。川島武男の従兄にあたる鹿児島出身の青年だが、両親が亡くなって、父の妹すなわち叔母の嫁ぎ先の川島家に引き取られたことから、ちょっと心根がねじまがってしまっている。薩摩士族だった父さえいれば日の当たる道を歩けたはずなのに、日陰の道しか歩けないからだ。

陸軍参謀本部へつとめるその千々岩は、浪子に思いを寄せている。浪子の父はいまがとき世の陸軍中将。ゆえに日の当たる立身出世ルートへの近道という打算からの浪子への好意である。それで千々岩は、彼女へこっそり恋文を渡したりしている。だがあろうことか、三か月ほど遠方へ出張にいっている間に、浪子は川島家のひとり息子武男と結婚してしまう。これがかれの暗くいじけた性根をいっそう歪めていく。

つぎの悪玉は、山木兵造というい わゆる明治にいう「紳商」。山木には娘がいて、そのお豊はかねて川島武男にぞっこんだった。腹黒いやり手の成金の山木とはいえ、やはりひとりの子の親。それにまた武男は軍人エリートの卵なんで、いずれはカネの成る木。そこでかれは、お豊をなんとか武男に添わせてやろうとあれこれ画策するわけである。

悪玉はまだ他にもいる。まず実家の継母は、理知的にしてすこぶる冷淡、理詰めで夫を尻に敷く洋行帰りのインテリ女性だ。そんな彼女は、後妻で義理の母親ということもあって浪子につらくあたっていた。くり返すが、いわゆる継子いじめである。

しかしようやくその実家を出て、先にみたように夫に愛されて幸せいっぱいの新生活となる。しかるにその嫁ぎ先にもさらなる敵がいる。持病のリューマチもあってヒステリー、やたらと嫁をいびる古今東西万古不易の典型みたいなイジワルな姑お鹿である。とっくに旦那を亡くしているこの孤独な姑は気難しい。浪子がどんなにつくしても、なかなかそのつとめぶりを認めてくれない。

歌の文句ではないが、それでも愛さえあれば大丈夫かもしれない。イヤ川島武男と浪子の愛は、それぞれたっぷりだった。ところがしかしで、ある日そんな二人の愛の光景へ暗雲がたち込めてくる。当初頭が重く食がすすまぬくらいだった浪子が、しだいに床へ伏せるようになったのだ。当然医者がかりとなる。しかし医師の診察のたび、あえて口にはされないまでも、日に日に病がつのって、やがて疑うべくもなく肺結核の初期症状を呈してくる。

とまあ、ここまでは以上のような善玉悪玉の二項対立に彩られた蘆花特有の叙述スタイルを中心にみてきたところだ。以下粗筋を追うことの無粋を承知で、さらに詳しくメロドラマのプロットをつづけてみよう。

普遍的メロドラマ

浪子は追おいとおののきだす、その心中はこうだ。「肺結核！　茫々たる野原に唯独り立つ旅客の、頭上に迫り来る夕立雲の真黒きを望める心こそ、若しや、若しやと其の病を待ちし浪子の心なりけれ、今は恐ろしき沈黙は已にとく破れて、雷ひらめき黒風吹き白雨迸る真中に立てる」

かくて一度ならず喀血をみた姑のお鹿は、なによりもその伝染にひるんで、すかさず嫁の実家片岡中将の逗子の別荘へ転地療養のためと追いやる。しかし病は一進一退だったから、東京での海軍勤務に忙しい武男もちょくちょく逗子へ足を運んでくる。そして、かつて満天下の子女の紅涙をしぼらせたというあの科白出現の美しいシーンへ至るというわけだ。すなわち、見渡すかぎり皺ひとつない凪いだ海、遠くの山も春日を浴び、雲ひとつない蒼々とすみ渡った真昼の空の下、逗子海浜において二人の散策するこんな書割場面へ。

「癒りませうか」と浪子。「エ？」「わたくしの病気」。武男が応えていう。「何を云うのかい、癒らずに如何する、癒るよ、屹度癒るよ」。それからしばし二人は沈黙する。遠く江ノ島方面からの白帆がひとつ、海原を滑りゆく。

浪子は涙に曇る眼に微笑を帯びて、「癒ります屹度癒ります――あゝあ、人間は何故死ぬのでせう！　生きたいわ！　千年も万年も生きたいわ！　死ぬなら二人で！　ねェ、二人で！」「浪さんが亡くなれば、僕も生きちや居らん！」

武男は涙を振り払い、浪子の黒髪を撫でながらいう。「あゝもう斯様な話は止さうぢやないか。早く養生して、よくなつて、ねエ浪さん、二人で長生して、金婚式をしようぢやないか」。浪子は、武男の手をひしと両手に握りしめ、身を投げかけて、熱き涙をはらはらとかれの膝に落しつつ、

「死んでも、わたしは良人《あなた》の妻ですわ！　誰が如何したツて、病気したツて、死んだツて、未来の未来の後までわたしは良人の妻ですわ！」。

というこことで、初読のおりここでわたしは、なんてベタな、なんて大仰な、なんて俗なと嘆息しつつも、まさに明治満天下の子女たちと同じく眼頭が真っ赤になってしまったのをよく憶えている。そして、えらく唐突なんだが、どういう回路でかわたしの脳裡へパット・ブーンの古いポップ・レコードで、海浜を散策する恋人同士の光景を美しく歌うバラード「砂に書いたラブレター」がコダマしてきたことも。

余談はさておき、逗子海岸における有名なこの幕は転じて、病と闘う浪子の運命はいかに。というところから、彼女の周りになるほどの策謀が張りめぐらされていく。つまり、くだんの悪玉連、千々岩安彦、山木兵造、そして姑のお鹿によって。

まず、千々岩は自らの育ての親というべきお鹿へ、川島家の嫁が死病の結核とは厄介なことと吹き込む。これが前節言及の不法な借金をめぐる武男との義絶、さらに武男夫婦への嫉妬のゆえとはいうまでもない。他方、かねて嫁とまったくラブラブな息子を気に入らぬお鹿は、このままでは孫子にまで結核伝染の恐れがあり、一家全滅。そうならないうちに浪子を実家へ返せなんて千々岩のおためごかしにそそのかされ、ついに武男へ直談判に及ぶ。すなわち、浪子との「離縁」の強要である。

お鹿の言い分、これがしかし、ある意味ごもっともなのである。くり返すようだが、そのうち武男にも病はうつる。母としては、浪子は死んでも、実の息子であり、跡取りの武男の命こそが惜しいというわけで。武男はもちろん「離縁」に烈しく拒絶する。そこらあたりの蘆花の執拗な描写、ちと長くなるんだが、『不如帰』のポイントのひとつなんで引いておこう。すなわち、お鹿は離縁はできないと亡き父親のまえでいえるかと、かく迫る。

「さ、言つて見なさい。御先祖代々の御位牌も見て御出ぢや。さ、今一度言つて見なさい、不孝者めが！！」

さすがの武男もいささか気色ばんで「何故不孝です？」と応えると、

「何故？　何故もあツもンか。妻の肩ばツかい持つて親の云ふ事を聞かん奴、不孝者ぢやなツか。親が育てた體を粗略にして、御先祖代々の家を潰す奴は不孝者ぢやなツか。不孝者、武男、卿は不孝者、大不孝者ぢやど」

「併し人情――」

「まだ義理人情を云ふツか。卿《おまえ》は親よか妻が大事なツか。たはけ奴が。何云ふと、妻、妻、妻ばかい云ふ、親を如何すツか。何をしても浪子ばツかい云ふ。不孝者奴が、勘当すツど」

武男は唇を嚙みて熱涙を絞りつゝ、「阿母、其は餘《あんま》りです」

「何が餘いだ」

「私は決して其様な粗略な心は決して持つちや居ないです。阿母に其心が届きませんか」

「其ならわたしが云ふ言を何故聴かぬ……エ……何故浪を離縁せンッか」
「併し其は――」
「併しもねもンぢや、さ、武男、妻が大事か、親が大事か。エ？　家が大事？　浪が――？
――エ、、馬鹿奴」

『不如帰』はかねて、かつての封建的な家を中心とした結婚、女性の弱い立場、それにいまだ不治の病で伝染病でもあった結核が主題であるといわれる。また、これらの問題は、時代思想や医学の進歩によって、解決をみているというごとく（和田芳恵『大衆文学大系1』「不如帰　解題」一九七一年）。

そうだろうか。結核はともかく、たとえば二十一世紀の今、不治の病や伝染病はホントに消滅しているだろうか。封建的にみえるかどうかはともかく、都会であれ地方であれ家を中心とした結婚はまったく問題外となっているだろうか。あるいは、継子いじめや嫁姑の葛藤問題は解決されているだろうか（おもうに、たとえば結婚生活の長い男性なら一度はワイフから「わたしとオカアサンとどっちが大切なの！」なんて怒鳴られた体験があるのでは）。

わたしにはだから、この小説はたしかに「美しい夫婦愛の物語」として古びていないと同時に、存外現代の結婚や家庭生活にも一脈通ずる普遍的なテーマを扱ったメロドラマではないかとおもわれてならないのである。

日清戦争

さて、本筋へ戻ると、右にみたような策謀のさなか、日清戦争が勃発する。武男は当然出征となる（浪子の実父片岡中将も）。二人の離婚は、まさにその武男不在を狙って断行される。そこへかねて千々岩へ金銭がらみで面倒をみている山木兵造が、千々岩を通じて川島家へ娘お豊を押し込む。

その後のプロットを簡略に追うと、結局現実を受け入れた武男は、浪子と別れる。ほどなく海戦で負傷したかれは、内地へ搬送。そこで海軍病院に入院中、差出し不明の見舞い品を受け取る。しかしかれは、その筆跡からすぐに浪子からのものと理解するんだが、もはやいかんともし難い。しかもすぐに遠く「南征」の途へつく事態になって、鉄道車中の人となってしまう。

ところが、ここでも例の通俗パターンで、戦争に勝って凱旋した片岡中将も、病気がいくらかよくなった浪子を伴い、保養の旅に出ていて、たまたま父とともに関西本線の車中にあった浪子は、京都山科駅で対抗列車がすれ違うおり、車窓の向こうに武男その人の姿をみつけるのである。かくて浪子は、思わず自分のハンカチを投げかけるんだが、これが二人の今生の別れになってしまうというわけだ。

武男を恋い焦がれつつ「あゝ辛い！　辛い！　最早《もう》――最早婦人《おんな》なんぞに――生れはしませんよ。あゝあ！」と叫びながら、帰らぬ人となってしまう『不如帰』もうひとつの名場面は、その直後である。さらに物語のエンディング直前では、武男や片岡中将同様、やはり日清戦争出征の千々岩は戦死。川島家へ入り込んだものの、お鹿の家政にたえきれず遁走していた山木兵造の娘お豊が、さっさと別の内務官僚と結婚し、山木はこの戦争でもひと山あてるという、なんだかなあの悪玉ぶりも、さりげなく描かれている。

ところで、話は一変するようだが、『不如帰』全編を通覧すると、読者は武男が負傷を負う海戦シーンを中心にした日清戦争の記述がやけに詳細、かつ不必要なほどにその分量が多いなとおもわれるかもしれない。ためにまた、今日のわれわれは、そこにどこか物語の主題と逸脱したようなセンスというか、ある種の違和感を感得するのではないだろうか。

わたしはしかし、誰も言及してくれないんだが、これまで縷々みてきたこの物語のポイント――つまり、悲劇的なラヴロマンスやか弱くもはかない女性の立場、家とむすびつく結婚といった当時の世相の反映と同様、この日清戦争の詳述も『不如帰』のもっとも重要なポイントのひとつとおもう。なぜといって、反復言及のとおり、『不如帰』の単行本初出は明治三十三年で、よく考えてみれば、これは日清戦役終結からほんの五年の歳月しかへていない頃。つまり、ほとんどの日本人にわが国近代初の対外戦争の、しかも勝ち戦の記憶がいまだ鮮やかなころの小説作品だった。したがって、今日われわれに奇異に映るようなそうした戦記の部分も、この作品の爆発的メガヒットの最大の要因のひとつだったとおもわれてならないのである。

現代のわれわれは、あの時代の日本人がどんなに中国（清国）を大国視し、畏怖・恐怖していたかを忘れがちである。たとえば、すでにその『不如帰』評を紹介したジャーナリスト生方敏郎は、往時をつぎのように回想しているではないか。日清戦争以前、「私たちが見た物聞いた物で、支那に敵意を持つか支那を軽んじたものは、ただの一つもなく、支那は東洋の一大帝国として見られていた」。

したがって、開戦となった「初めの中、内心では誰しも支那を恐れていたのだ」。したがってまた、戦争勃発後の日本人のエキサイトぶりがタイヘンなものだったのもいうまでもない。その辺り、生方もこんな情景で物語っているように。すなわち、「私の地方の町では、まだその頃電話はなく、わずかに郵便局と警察署とへ電話の線が伝わっているのみで、捷報は新聞よりもまず警察へ来た。警察でそれを門前の掲示板へ書き出すので、私たち子供は一日の中に何度も見に行った。地図を拡げて見れば日本よりも三十倍も大きく、人口は我が三千余万というのに対して二億に余ると言われている大帝国で、李鴻章という大政治家が采配を振っている支那、それと戦うというのだから、そして初めての外国戦争であり、向こうにはイギリスが後押ししているというのだから、国民の興奮は非常なものだった。大人も子供も老人も、女も、明けても暮れても戦争のことばかり談《はな》し合った。町内のバカ者、天保銭という名で通るような男でさえも、マジメな顔で戦争の話をした」。

そして、これをもっと具体的にいえば、戦時中日本人は、ことに「海軍については安心しなかった。丁汝昌の統率する北洋艦隊というものは、日本の海軍力より遥かに優勢だと認められていたからだ」と（生方敏郎『明治大正見聞史一九二六年』）。

そしてまた、『不如帰』における武男負傷の戦争シーンは、実はその清国北洋艦隊を撃破する戦闘場面がハイライトとなっているのである。つまり、日清戦争前、日本人が脅威を抱いていた敵の大艦「定遠」「鎮遠」を撃つことができた痛快さが詳細に綴られていることも、この作品が膨大な読者を惹きつけた一因であったろう。さまざまな点で、いわば号泣メロドラマの一大傑作といえるこの『不如帰』、実際わたしもそのあたりでもいたく胸が熱くなっているんだから。

第五章　日清戦争従軍ルポ

国木田独歩『愛弟通信』

明治四十一年

愛読した松本清張

かねて愛読の昭和の「国民作家」松本清張。あれはバブル全盛のころの一九九〇年前後だったとおもう。そのころの新刊だった短編集『草の径』（一九九一年）を読みながら、ふと「清張の書いている貧困のルサンチマン、もういまの学生にはゼンゼンわからないだろうな」とおもったのは。

失われたそのど貧乏の世界、青春のころ赤い背表紙の新潮文庫で初読のさい、しばしばわたしが幾度もアチャーッと嘆息した『半生の記』（一九七〇年）がイチバン示唆的とおもう。清張は、この自伝的回顧録で、たとえば下関の壇ノ浦にあったもの心つくまえの自分の家は、崖っぷちにあって半分は海に突きでていたと書いている。つまり半分は杭の上にあって、つねに床下からタプタプ水音の鳴るようなあばら家である。しかもこの家、あるとき嵐による土砂崩れで潰れてしまう。そんなときに父が女道楽で一時出奔のため、清張とかれの母は隣家の蒲鉾屋へ住込みとなり、ふたりでこの蒲鉾屋の一家が食いちらかした魚の骨をゴッタ煮したものを食べさせられていたとか。

さらに、かれが高等小学校で学歴を終了していることはだれでも知っているところだろうが、学校をおえるころ魚の行商でかろうじて生計をたてていた一家の様子をふり返って、こう回想している。「私が小学校六年のときが父親の鮭売り時代で、木造小屋での生活だった。担任の中村という先生が、私の進学の説得に来たのだが、ナメクジの這う土間にびっくりし、それきり受験勉強せよとはいわなくなった。密集した家の裏で、窓はひとつしかないから昼間でも家の中は暗く、土間に突っ立っている（座れる畳ではなかった）中村先生の顔もよく分らなかった」

清張はだから、もし家がかくまで貧乏でなかったらおのれの好きな道を歩けたかもしれないと唇を噛み、「私には面白い青春があるわけではなかった。濁った暗い半生であった」というのである。ところで、かつてわたしは、この「索然」とした風景とある種同質の世界を国木田独歩の文学に感得したことがある。なにかといえばこれが、独歩といえばたぶんだれしもすぐにおもい浮かべるだろうあの『武蔵野』で、正確にはそのなかの一編「源叔父」だった（「源おぢ」等タイトルの異同版有り）。

自然描写満点の『武蔵野』のリリカルな連作にあって異色の（とわたしはおもう）この物語は、現在の大分県佐伯近郊の港で独歩が見聞の天涯孤独の少年乞食「紀州」を軸に展開される。主人公は、はやくに妻を喪い、遺された一人子も海で溺死し、もはやものいわず、顔色も変えず、いっさい笑わずの人間となってしまった、やはり孤独の極致にある渡し船の船頭「源叔父」。そしてこの「源叔父」が、町場の人びとから白痴、不潔、盗人、莫迦扱いされている少年乞食の「紀州」へ目をかけてわが子

国木田独歩『愛弟通信』岩波文庫、1990 年

にせんとするも、かれはやがてなんの理由もなく忽然と失踪となり、ために「源叔父」がさらなる失意・絶望の果てに海岸端の松の木で首を縊るというもの。

一読のさいわたしは、この作品につきよくいわれるところの、いかにも独歩らしい哀切の「運命と抒情」を看取したものだった（中島健蔵「国木田独歩論」『現代作家論叢書 第一巻』、英宝社、一九五五年）。と同時に、清張文学に窺える貧困や「索然」とするシークエンスを重ねあわせた。たとえば、襤褸《ぼろ》を纏い、施しものを与えられても礼もいわず、笑わず怒らず、恨みも喜びもせず、「ただ動き、ただ歩み、ただ食ふ」だけで、完全に「人情の外の世界」へ葬られた乞食童「紀州」の姿に『半生の記』や、子供のころからハンセン氏病の乞食として諸国を放浪する悲惨の描かれる『砂の器』の文学世界を。つまり、スサマジイ荒涼がごくありふれていた時代というものに、これまたアチャーッとなってしまったのであった。

日清戦争のルポルタージュ

ところでまた、わたしは国木田独歩の作品で、いまや社会的リアリティ消失のこんな世界と同じく、やはり現今の日本からいっさい失われたタイプの戦争のリアリティを学んだこともあった。なにかといえば、それがすなわち、ここで採りあげる明治の物語『愛弟通信』――明治二十七年、二十四歳の若き独歩が、『国民新聞』従軍記者としてものした日清戦争の戦記ルポルタージュだったのである。

近代における日本と中国との正面からの激突、といえばだれしもいまから百年以上もまえの明治二十七（一八九四）年に勃発の日清戦争を想起されるだろう。このおり、では日本国内において開戦へ備えたハード・パワー増強の世論はいかにして醸成されたか。これに関してはまず、明治維新いらい、日本の安全保障においていつの時代も決定的に重要な朝鮮半島の独立保全をめぐり、当該地域の宗主国を自負する中国すなわち清国と積年の対立関係にあったことはいうまでもない。そしてその懸念もあって、わが国が国防力、とりわけ海軍力を漸次整備しつつあったことも。

そうした海軍拡張計画が本格化した直接の契機は、明治十四年、ドイツで建造された当時としては最新鋭の巨大鋼鉄戦艦「定遠」「鎮遠」が清国の北洋艦隊へ配備というニュースが届いてからのことで、たとえば明治十九年から向こう三年間、一千七百億円の「建艦公債」発行という政府の巨額な財政策なんかが、その一例だろう。

海軍の歴史にくわしい伊藤正徳の『大海軍を想う』によれば、この海軍拡張計画発動のきっかけとなったのが、戦後の日本人からほとんど忘れさられてしまったという清国の戦艦「定遠」「鎮遠」の存在だった（ちなみに、これらの艦艇は後年の大東亜戦争時の海軍「提督連」でもだれひとり見たことがないはずとも記されている）。

たとえば、と伊藤はいう。「定遠」「鎮遠」というこの二隻の清国戦艦こそ、実は「日本の海軍を大ならしめた偉大なる対抗目標であり、春秋の筆法でいえば、この二艦が日本の連合艦隊を結成せしめた」のだと。それくらいだから明治初期の日本人ならば、小学生までが「定遠」「鎮遠」を知っている。そのころ小学校では、甲乙二組に分れた一方に「定遠」「鎮遠」に擬された主将格の生徒があり、それを捕えるかどうかで勝負を決める戦闘遊戯が流行したくらいである。つまり、この二巨艦を負かすのが日本の戦略目標であることを教えられたのだ。

とするなら、かつて小学生にまで「定遠」「鎮遠」の名を熟知せしめたのはいったいいつ何によってか。というとそれは、明治二十四年夏、長崎、神戸、横浜のルートで、かの丁汝昌率いる「定遠」「鎮遠」プラス四隻の高速艦からなる清国大艦隊の日本巡航となる。むろんこれは、いうまでもなく両艦名の「遠」が外国すなわち日本を意味し、これを治め（定）、鎮圧する（鎮）意図の含意されていたごとく、敵対する国家への清国の牽制・恫喝のための来航にほかならない。つまりこのときの北洋艦隊の来航、名は親善巡航だったが、内実はかの国の得意な威嚇的な示威運動だったのである。

ところで、このときのような中国（清国）通例の威嚇的デモンストレーションの歴史的スタイルにつき、『不如帰』の作者徳富蘆花の実兄だった明治のジャーナリスト徳富蘇峰が、いかにもかれらしい「チンドン屋風の支那の戦争」という卑俗な題目の講演談話でこんなことをいっている。すなわち、そもそも

「支那の戦争の仕方は、如何であるかと言へば、正々の旗、堂々の陣と申しまして、丸で今日

広告屋が歩くやうな遣り方であります。太鼓を打ち、旗を立て銅鑼を叩き、お幟りなどを翻して、丸で活動屋でも歩くやうにして戦争をしてゐたのであります。さうして支那では戦争と言つても、本当にするのではない。丁度観兵式のやうなもので、向ふで旗を三本立つれば、此方は五本立てるとか、向ふで太鼓を三つ叩けば、此方は五つ叩くといつた風になつておりまして、旗の数や太鼓の数が多いといふ事が、強いといふ事になつております。夫れで支那では真面目に戦争する事はない、丁度演習のやうなものです。之は私が中国を見くびつて言ふのではありません、近い例を申しますれば、支那の長髪賊の乱（義和団の乱すなわち北清事変＝引用者注）の如きものを、どうして平げたかと申しますと、英国からゴルドン将軍を頼んで来て、其力によつて平定したのであります。日清戦争の時にもモルレンドルフなどゝいふ独逸人を雇つて来てゐるのであります。之は支那の御流儀だから良いとも、悪いとも言へないのであります」

徳富蘇峰「歴史上より見たる日本と支那」昭和三年

蘇峰によれば、かくのごとく中国人は、戦争の仕方に限らず万事が「口さき」の大仰さに比してつねに「実践」が覚束ない。それでいてデモンストレーションだけは歴史的に一貫してすこぶる盛んにしてまことに巧みであるというわけだ。

ゆえにといおうかしかるにといおうか、新式の二大戦艦を中心とする北洋艦隊が横浜港に投錨したときには、これを迎えた朝野幾千の日本の男女が、疑いもなくそうしたデモンストレーションに多大のショックを受けている。というのも、当時日本海軍の保有する最大艦艇の三倍以上はある巨艦が、聞きしにまさる威容を誇示しながら目前に入港してきたというしだいで。

実際、なんであれ見ると聞くとではなんとやらで、北洋艦隊は、横浜着港後明治天皇主催の園遊会に艦長以下将校が招かれた答礼として旗艦「定遠」へわが国の議員や著名人、ジャーナリスト等二百人余りを招待。そのおり実見者はひとしなみ目を剝いている。たとえば、わが海軍ファウンダーのひとりでもあった勝海舟は、かつて自宅邸内に住まわせていたという上記徳富蘇峰の『国民新聞』のインタヴューに応え、いかにもの江戸弁でこんなふうに語っている。

百聞は一見に如かずで今度ばかりは吃驚したよ、アノ艦は善いねー中々善い艦だよ、新聞屋なんぞは櫓一ツ漕いだことの無い先生達だから艦の善し悪しナド分かるまいがマーマー善くアー云ふ艦を見て置いて世の中の惰眠を覚醒しなくチャーいけないよ……今まではナアにあのチャン奴がと小馬鹿にして居つたが今日アノ威風堂々たる所を見て私は俄かにオッカナくなって来たよ、アノ有様ではまだ中々持ち上がるよ。

『国民新聞』明治二十四年七月十六日

もっとも、この「定遠」「鎮遠」来航は、日本人の清国への国防意識を大きく転換させる契機となってもいる。そのあたり、たとえば司馬遼太郎のあの『坂の上の雲』もかく記しているように。すなわちこの艦隊訪問は、はたして清国にとって外交上成功したかどうか疑わしい。なぜなら、「この朝野の衝撃が、日本海軍省にとって建艦予算をとる仕事を容易にした。議会はそのぼう大な海軍拡張費に対し大いにしぶりはしたが、政府は天皇を動かしたり、世論を喚起したりさまざまないきさつを経て海軍拡張計画を実行して行った」のである。つまり、右に言及の明治政府による海軍拡張財政策は、まさに北洋艦隊のデモンストレーションの帰結だったのだから。

ところでまた、朝鮮半島をめぐり緊張関係にあったわが国を威圧せんとする清国艦隊の日本来航は、実はこれが初めてではない。このときのように当時のわが国当局者や要路のまえでこそ可視化されなかったにせよ、日本に「定遠」「鎮遠」初おめみえとなったのは、これにさきだつ明治十九年夏のことだった。そしてこのときに実は、おもいもよらぬ事件発生をみているのである。

長崎事件とは

では、その事件とはどんなものだったか。この点に関してはまず、およそつねに冷静沈着なジャーナリスト福澤諭吉の「長崎事件平穏に落着す」（正確には「長崎清国水兵事件」）と銘打つリアルタイム・レポートからみておこう。すなわち、福澤の報告文によると、

事件は同年八月十三日、長崎の市中に於て当時同港碇泊支那艦隊の水兵等が上陸して酒を飲

み酔酗の際、巡査に取押へられたるを事の起りと為し、中一日を隔て、同十五日の夜には、上陸の支那水兵数百名、市中を横行して市民に防害を加へ、一方は支那水兵、一方は日本巡査市民の間に、遂に一場の攻防の戦闘を開き、双方共に多数の死傷あり、数時間の後に至り、支那水兵皆其軍艦に引揚げたるを以て、事始めて鎮定したり。

「長崎事件平穏に落着す」『福澤諭吉全集』第十一巻

みてのとおり、これだけではしかし、地方都市に発生の外国人によるちょっとしたアクシデンタルな暴行事件みたいにおもわれるかもしれない。

そこで事件の概要は、さきにも紹介した司馬遼太郎の『坂の上の雲』も触れているので、いまひとつこれもみておこう。すなわち、このとき丁汝昌率いる「北洋艦隊は長崎に寄港したが、上陸した兵員に軍規がなく、艦隊の威を藉りて市民に乱暴をはたらいたり、物品を強奪するという事件が多発した」(もっとも、『坂の上の雲』でもこれだけの記述しかないので、かつて放映のＮＨＫの同作テレビドラマでも、この事件はいっさい描かれていない)。

ということで、ここから右の顚末について探究の、数すくない専門論文を参照しつつ、この事件の詳細をチェックしてみよう。

まず、明治十九年八月一日、明治政府へのオフィシャルな通告なしで、艦船の修理を名目に、丁汝昌率いる例の「定遠」「鎮遠」等四隻の北洋艦隊が長崎へ投錨。反復するようだが、この初回もそのころ敵対していた日本への牽制・恫喝のための来航だったのはいうまでもない。

「艦隊の威を藉りて市民に乱暴をはたらいたり、物品を強奪する」事件は、八月十三日、清国水兵五百名以上の長崎市内上陸からはじまる。辮髪姿だったという水兵たちは、市内各所で飲酒をはじめ、やがていたるところで市民へ放言やら女性を追いかけ回すやらとなって、遊郭でも乱暴狼藉、文字どおりの傍若無人の行動をとるようになる。そして、そのうち水兵らはいくつかの商店へ押し入り、物品や金銭の略奪におよぶ。むろん市民の急報を受け、日本の巡査出動となる。が、当初その人数がすくなく、しかも通常日本の巡査は「官棒」のみの携行だったために水兵から逆襲に会う。かくて応援要請を受けた長崎警察の帯刀の一隊が駆けつけ、今度はなんと双方「抜刀」というスサマジイ騒乱で、当然ながら互いに次々と負傷者が出てしまう。むろん水兵の逮捕者もあったわけだが、これで二百人ほどの水兵が、拘留された仲間の救出というんで、警察署の門前に参集。しかしさすがに警備厳重というわけで、この日はかれらも引きあげ、なんとか狂乱状態も終息をみている。

翌十四日、この異常な騒動をみた、ときの長崎県知事日下義雄は清国領事館へ書簡を送り、艦隊水兵の集団での上陸禁止を訴え、仮に上陸の場合でも監督士官の同行の要請となった。

ところが清国側は、この要望をいっさい無視。さらに翌日の十五日、再び三百人ほどの清国水兵が続々と市内へ上陸してくる。そのなかにはあらかじめ棍棒を手にする者、また市街地で刀剣を購入する者も多数あって、またもや市中へ異様というより一触即発の険呑な雰囲気が漂う。そうして、やがて案の定の騒ぎが発生する。すなわち、水兵の一団が交番へ押しかけ、意図的な放尿等の狼藉を働き、巡査の注意をきくとまたもや逆襲、人数をたのんで三人の巡査を袋叩きにして、うち一名は死亡というんだから、ほとんどもうヤクザの出入りをおもわせる無法地帯さながらの一幕というほかない。

さらにこの暴虐を目撃の腕に覚えのある幾人もの一般市民が激昂し、清国水兵に殴りかかると、かれらはこれにまたすかさず反応して大乱闘となり、そこへ通報を受けて駆けつけた多数の警察官が今度もまた「抜刀」のうえ、治安維持どころではない狂乱の騒動となる。そこへ市民の加勢もあり、おおむね酩酊していたという水兵たちにさらなる逮捕者も出て、ようやく沈静化。結局、日本側に巡査二名の死亡、市民を含む二十九名の負傷者、清国側に四名の死亡、四十六名の負傷者を出すに至った……とまあ、これが現今の日本人にあまり知られていない長崎事件の詳細となる。つまり一瞥のとおり、情勢しだいでは戦争にも直結しかねないトンデモナイ騒擾事件だったというわけだ(安岡昭男「明治十九年長崎清国水兵争闘事件」および朝井佐智子「清国北洋艦隊来航とその影響」参照)。

さて、ここで問題なのは、この事件に関する日本政府の対応である。というのも長崎事件後、清国側はこれほどの無法にして狂乱の暴動を引き起こしながら、日本に陳謝するどころか、むしろ今日ただいまのかの国同様の高圧的な態度を示し、結局双方の国法に照らしそれぞれが処分するという、微温的というよりほとんど清国側のいいなりの解決をみていることだ(ちなみに、このおり清国は上述徳富蘇峰の示唆するごとく、自国贔屓のドラモンドなるドイツ人「代言人」に尽力させたという)。つまり、近年における中国漁船との衝突事件や、魚釣島不法上陸事件のような尖閣諸島をめぐる日本政府の対応同様の「事なかれ主義」で終始している。後述のとおり、数年後の日清間のホンチャンの実戦では、わが海軍のまえに鎧袖一触で木端微塵に粉砕された北洋艦隊でも、この時点では戦々恐々。かつての民主党政権同様、平穏かつ安定的な両国関係の維持とかなんとかの低姿勢で、「眠れる獅子」の尻尾を踏まぬようおっかなびっくりの対応だったのである。

むろん、この背景にはまさに「定遠」「鎮遠」に象徴される彼我の力すなわち海軍力の格差があって、日本側のこの点に関するリアリズムがあったのも間違いない。ために、たとえばそのころの言論界のリーダーのひとりだったさきの福澤諭吉も、この事件をめぐる種々の「風説の甚だ喧しかりしにも似ず、案外速かに此の事件落着を聞くを得たるは、我輩の甚だ悦ぶ所なり」と安堵しているごとくに(前出「長崎事件平穏に落着す」)。もっとも、どんな情況下にあってもさしあたっての現実的課題は何かという観点に立つ福澤は、かねて戦端を開かせない「抑止力」の意味も含む軍事力の増強を主張してもいるが(「兵論」『福澤諭吉全集』第八巻)。

それにまた、その一方で一般国民の多くが、この事件に激昂したのもいうまでもない。一例をあげておこう。たとえば明治十九年八月十八日付『東京日日新聞』に、事件発生地からはるか遠くに離れた奈良地方における「憤激」の声が掲載されている。すなわち、「大和国十津川郷にては、支那水兵が長崎に於いて巡査を侮辱し、殺害し、非常な暴行をなしたりと聞くや、士民の憤激大方ならず。殊に諸新聞に支那の方にては、その談判中に是非曲直を顛倒せんと試むるがごとしと記載するを見て、いっそう憤怒の念をまし、もし万一の事あらば、直ちに蹶起して国家のために尽くすべしとて、有志の人々相集まりて、連判盟約をなすもの二百十三人あり」。

実際開戦へ備えた軍備増強という世論も、これによって全国から澎湃として波のごとくに湧出した。政府や軍人、ジャーナリズムや一般庶民まで、清国の脅威と反発や敵愾心を増殖させた（拙論「長崎事件百二十余年目の教訓」参照）。

さて、「定遠」「鎮遠」をめぐる日清戦争直前に発生したこうした暴動事件の顚末を紹介しておいたのはほかでもない。すなわち、日本人は日清開戦以前、丁汝昌率いるこの北洋艦隊をそれなりに警戒しており、清国そのものもいわゆる「眠れる獅子」と考えていた。ために日本人は、結局のところ日中激突にいたったこの戦争に多大の緊張をともなうタイヘンな興味を懐いていたこと。そしてそこに、国木田独歩の『愛弟通信』出現の契機があり、この戦争ルポ文学が非常なる評判を博した素因があったからだということである。

独歩の道筋

太平楽なバブルの狂躁に浮かれていた九〇年、リクエスト復刊による岩波文庫ではじめて通覧の『愛弟通信』。既記のとおり、わたしはこのおり、それまで接したことのない戦争のリアリズムと、ある特異な興趣・感激を味わったものだった。それというのもここには、現今の戦記物語には窺えない、愛国的詩情がみなぎっている。あの「運命と抒情」の文学的香気が漂っている。そしてまた、なによりもこれは、近代黎明期におけるわが国初の対外戦争について――日清戦争について、リアルタイムの日本人がどう考えていたか、そのことをまことに鮮やかに、かつとても美しく描いているとおもえたからであった。

というわけで、『愛弟通信』再探訪のまえに、この従軍記出現頃までの独歩の道筋をおさえておこう。

明治四（一八七一）年、下総・銚子で生まれた独歩の幼名は亀吉で、のちに哲夫と改名。父専八は、播州竜野藩士で、維新以後山口県岩国裁判所の書記に任官となり、ためにこの奉職の関係から独歩は以後中国地方のあちこちの町々を転々としている。ためにまた、かれがどんな地域の風景や自然にも溶け込む気質を育んだとはつとに指摘されるところである。

独歩のこの時代の少年らしい「賢相名将」たらんとする野心が、徐々に哀切の「詩情」あふれる文学のそれへと転じるのは、明治二十年、上京により神田の法律学校をへて東京専門学校英語普通科へ転じたころから。やがてカーライルの文学とキリスト教へ親しみ、明治二十四年、二十一歳の独歩は、往時のキリスト者として著名な植村正久により受洗。そこで、かねて植村と親しい徳富蘇峰と相知り、蘇峰主宰の民友社の面々と関係深い「青年文学会」参加となったのである。そして、これから三年ほどの間に、父親の官吏免職から自活が要請され、蘇峰の紹介による矢野竜渓の斡旋で、大分県佐伯の学校教頭ポストへ就任する（さきの「源叔父」は、英国詩人ワーズワースへ傾倒したこの時代の当地での生活体験にもとづく作品だった)。

明治二十七年、しかし独歩は、結局教職を辞し、従来から諸事同伴の弟・収二ともども再び上京して『国民新聞』入社に至った。つまり、ちょうど日清戦争勃発直後の入社とあって、独歩は社主・蘇峰へ志願のうえ『国民新聞』従軍記者として軍艦千代田へ乗船。同年十月から一躍自己の文名をあげる『愛弟通信』の連載開始となったというわけだ。

先述のとおり日清戦争は、わが国の近代史上初の対外戦争である。したがって開戦の火ぶたが切られるや、新聞各社が競って従軍記者を派遣し、今日のオリンピック大会みたいな熱狂を帯びた報道合戦となったのはいうまでもない。たとえば、この戦争の従軍記者数は、全六十六社で百十四人、ほかに画工十一人、写真師四人で、総計百二十九人にのぼり、むろん戦時中大本営の置かれた広島へも各社特派員を送っているように(山本文雄編著『日本マス・コミュニケーション史〔増補〕』東海大学出版会、一九八三年)。

そんななかで、社主自ら大本営設置の広島へ出張ったほど、この戦争報道へもっとも力を入れた新聞のひとつが、蘇峰の『国民新聞』だった。のちに蘇峰はいう。当時は「予の力のあらん限りを挙つて、吾が新聞を此の事件の為に提供する事とした。……其為に従軍記者の数は各社を通じて、吾社ほど多数の人を出した社はあるまいと思ふ」。

蘇峰によれば、その代表格というべき特派員が、いまでいうイラストレーター役の「画報記者」久保田米僊であり、桂太郎率いる大陸の第一軍師団へ同行の松原岩五郎、第二軍へ従う古谷久綱であった。そしてさらに、とかれはつぎのように特筆している。「国木田独歩は千代田艦に搭乗し、所謂る『愛弟通信』——通信文を其弟国木田収二君に宛てゝ、書簡体に認めたるもの——等によって、頗る異彩を放つた」ものだったと（『蘇峰自伝』中央公論社、一九三五年）。

では、蘇峰が「異彩を放つた」とするこの従軍記を、独歩はどういうわけで弟収二宛の書簡体としたか。というところこれは「余に冷静なる観察者を以て望むなく、余をして報告者として筆を執らしむるなく、余をして全く自由に、愉快に友愛の自然の情を以て」語りたいと考えたのだという。つまり「海軍従軍記」と題する『愛弟通信』前段での弁によれば、「通信する相手は誰れぞ。吾れ何の心を以て、誰れに語るべき。長官にか、所謂る『読者』なるものにか。……凡て此の如きは、余の断じて能せざる處。余は自由に語らんことを欲す。愉快に談ぜんことを欲す。自由に談じ、愉快に語りてこそ、始めて余が意に適するの通信をなし得る」と信じたからであった。

書簡体という形式

ところで、この書簡文体というのは、どうしても一種の告白調ないし身辺雑記のようなトーンを帯びてくるきらいがある。事実この従軍記もしかりなんで、あらかじめその一例を本書序文「年少士官」の項目からみておこう。

今朝『国民新聞』を開くと、将校負傷者の姓名が列記されており、その最後に「国弘英一」という名をみつけたが、これは自分の少年時代の「友」ではないか。すなわち「嘗て同じく中学校の校舎に寝食を共にし、或は冬の休、夏の休に、七里の山路を相携へて往復した」ことのあるこの「友」が、士官学校から選抜されて陸軍大学へ進んだとはきいている。それがいま平壌の「大戦」に奮闘突撃して、ついに負傷とは……（と、独歩は、かく告白調の檄文を放つのである）。

「されど吾、遥かに友に向て叫ぶ、万歳！　君は義務のために戦ひ、義務のために傷きぬ。吾れ今筆を執て天下に立つ、窃かに勇士戦場に赴くの覚悟を期す、君が一滴の血、必ず値ひあらしむべし。言論若し力あらば鳴呼言論若し世を動かすを得ば」

ではつぎに、随所にこうした身辺雑記ふうのエピソードを散りばめた『愛弟通信』本文の内容をみておこう。この点でまず、留意しておきたいのは、この「通信」は「国木田哲夫」の署名で新聞に発表され、また刊本化されたのもかれの死後だったように、実はほとんど独歩の無名時代の記事文章だったということだ。つまり、話は逆で、かれはむしろこの「通信」によって一躍有名になり、これによって作家としてのスタートラインに立ったのである。

よってむろん、この「通信」が大好評を博したのは、のちの「文豪」独歩を想わせる迫真の、そして自由かつ愉快な「友愛の自然の情」をもって記される書簡文体にこそあったといわねばならない。これは、たとえば昭和十年初出の岩波文庫「解説」を担当の塩田良平も指摘しているところで、すなわち本書を一読して感じ入るのは、「かうしたルポルタアジュの文にも詩韻が漂つてゐることである。元来独歩の散文に一片の詩韻が遙曳してゐることは諸家にも認められてゐる所であるが、さういふ素因は既に此の文にも現れてゐる」。

そこで、明治二十七年十月から翌二十八年三月にかけて、朝鮮半島沿岸部から大連、旅順、威海衛とたどる「通信」からその「詩韻」漂う文のサンプルをひとつ。たとえば「第二軍の上陸」と題して、

愛弟、試みに自から、千代田艦上に立てりと仮定せられよ。君等が面前の支那大陸を如何に想像するか……只見る、蜒々として丘陵起伏したる一大広野、その天際を、連亘せる遠山の淡墨色を以てかぎられ、海岸一帯悉く断崖を成し、両端遠く走りて微茫のうちに没す。

いまひとつ「艦上に於ける郵便物」と題して、「郵船！　郵船！　郵便船が到着したとの報知、満艦の人をしてゾク〳〵せしむるもの」はほかにないとのべ、独歩は同乗の兵への共感をにじませつつ、士官室御中とある箱を開くと、

一枚の紙に向ふ所敵梨と書されぬ。是れ少尉諸氏の友某氏より、殊更らに寄贈されたる梨な

りき。食ふ際、野村少尉、『何だか東京の臭がする』と言へり。故国は如何なる時にも恋しき者なり。国のために死をだに辞せざる勇士、豈に一日とても故国恋しからざらんや。其の故国より送り来る、一枚の端書一個の梨二銭の郵便も、実に十万金に換へ難く有り難きものなり。

ご覧のとおり、どちらもまさしく「詩韻」と「友愛の自然の情」あふれる文といってよいだろう。とはいえ、実はわたしが、この『愛弟通信』である特異な興趣を覚えたのは、こうしたポエティックな自然描写や「友愛」香る記事というより、戦地や戦況の生々しい「通信」なのであった。たとえば、大連湾攻撃での日本軍は呆気ないほどたやすい勝利と占領を果たす。そこで独歩は、艦兵と同行のうえ「和尚島」なる敵の砲台のあった占領地へ上陸し、「此の如き立派なる砲台を一発の弾丸放つ事なく、敵に渡すとは、能くハ魂のなき支那兵かなと、敵ながら涙がこぼれそうに感じた」という。そして、砲台近辺を探索して発見の民家や官舎の様子を記していわく、まるで「豚小屋の如く住み、今は居民殆ど逃亡してあらず、只だ豚群のみ」で、「支那兵」の勇気の欠如や、殺伐としたかの地の貧しい生活風景に、独歩はあきれるというよりむしろ嘆息するところだ。

さらに、旅順攻撃の直前、千代田艦長以下、兵とともに「ヴヰクトリア澳」の一端へ上陸して遭遇の「支那人」とのやりとりを叙していわく、「支那人は軍人を以て、悉く奪掠する者と思ひ定め居るなり。牛も鶏も豚も悉く隠して、洒々然と吾等に対す。余独り或る農家に入りけるに半白の老人吾を迎へて御世辞笑ひす。試みに筆談せんと欲すれば、彼れ先づ地に書して曰く『貧窮』と。殆んど吾をば盗賊視する也」。そこで独歩は、われらは奪うのではなく買いたいのだと伝え、「家豚を売らずや」と訊けば、「彼只だエヘラエヘラと笑ふのみ、尚ほ深く吾等を疑ふものゝ如し」で、やはりその「底深き猜疑心」にため息をつくところにである。

かくて「支那人」のこうした「猜疑心」や勇気つまり戦意の欠如は、『愛弟通信』白眉の——日清戦争終局の「威海衛大攻撃」の戦闘で、いっそう詳しいレポートとなってくる。すなわち、独歩が千代田乗艦いらい「百余日にして始めて砲声らしき砲声を聞き、始めて戦と思ひたる」明治二十八年二月七日、威海衛の湾内から忽然と外海へ、黒煙をあげ列をなして出現してきた十数艘の敵水雷艇は、驚いたことにわれらを「攻撃せんが為めに非ずして遁走せんがためならんとは」。

おまけにこの水雷艇は、あっというまに自軍遊撃隊の攻撃により「ハンチング」のごとく殲滅され、いわく「吾が水雷艇は夜間敵の軍港に侵入して定遠、来遠を撃ち沈める時に、彼れの水雷艇は白昼遁逃を企て吾が一撃のもとに悉く留めを刺さる、何等の相違ぞ！」とまあ、およそ「威海衛大攻撃」の「通信」はほとんどこれ式で、独歩ならずともあきれるというより不思議な感にさえうたれるほど、まことにあっけない戦勝シーンの連続なのである。つまりはいざ戦闘になると、それこそ異様なほどの「支那」兵の弱体ぶりというわけで。

したがって日清開戦の三年前、わが国に来航して日本人を威圧の丁汝昌率いるあの「支那北洋艦隊」の末路も押してしるべしで、独歩はいう。「丁汝昌今何を為しつゝあるぞ、思へば嘗て明治廿四年定遠、鎮遠、来遠、経遠、知遠、靖遠を引率して我国に来たり、『国民新聞』の画讃家をして、

『チヤン〳〵坊頭は意張りけり、世の弱虫は懼れけり』と歌はしめたる彼、彼の末路も亦た敵乍ら哀れなる者に立ち至り」。すなわち、千代田艦にて独歩が「海上の紀元節」を祝した翌二月十二日、「威海衛より一隻の砲艦白旗を立てゝ来る！／丁汝昌の旨を伝えて曰く、／降らんか国法あり、帰国の後ち必ず斬に処されん」。つまり、ゆえに敵はできうれば「吾々を解散せしめよ」との旨を。

独歩の伝聞によれば、たいしてわが「伊東長官」は、ただちに丁汝昌へ面会を求め、かつ酒肴を送ったとか。しかるに翌朝、再び自軍の眼前に前日の砲艦が現われ、わが旗艦の信号いわく『丁汝昌死す！』……「已に丁汝昌死す、北洋艦隊は全滅したる也。威海衛は陥落したる也。開戦今日に至るまで、敵の敗亡滅燼其の数を知らず、而も支那北洋艦隊は最も見事なる最後を遂げたる也」と、独歩はこの「威海衛大攻撃」の勝利を、かの愛国的詩情激発の雄渾な筆致で謳歌している。『国民新聞』初出紙面へ特大の二号活字で躍ったその結語にいわく、

　敵艦降伏（十四日　千代田にて）

我が艦隊が威海衛に碇泊するも明日のうちにあらんか
大日本帝国万歳！　天皇陛下万歳！　大日本帝国万歳！
記し了りて雀躍三百す。（二月十三日　午後一時）

日本国民の興奮と感涙を惹起する『愛弟通信』の白眉は、このようにして華々しくピリオドを打っている。

そうして「威海衛」の大勝後、独歩は一転、さらなる文学的香気漂う哀切の「運命と抒情」をもって、それまでの昂揚と熱狂を沈静せんがごとく、どこか荒涼としたメランコリーを表白する。たとえば、敵地清国の「憐れなる砲台。何故に打たざる、何故に白煙を揚げざる、我れ爾の眼下を過ぐるに、哀哉」と語り、「爾の国旗は何處に捨てしぞ。昨日まで翩々たりしに非ずや」と嗟嘆するように。

ただ、わたしはむろん、この「通信」をスプリングボードとして、以後の独歩が、かれ本来の詠嘆の「詩韻」を発露の文学へと転じていくその後のキャリアをしっている。また、この「通信」におけるかれの愛国的詩情と戦争そのものへの心奥の葛藤・齟齬を綴る『欺かざるの記』の存在も。だがわたしは、『愛弟通信』も、いわばまぎれもない「欺かざる」の一編ではないかとおもう。なぜならこれは、いったん開戦となったさいの日本人のしかるべき戦記物語の傑作であって、すくなくとも当時の日本国民のあるべき姿を、まことにリアルに徴表したものとおもわれてならないからである。

第六章　ギリシャ史から自由民権

矢野龍渓『経国美談』

明治十七年

『思出の記』から

第一章で採りあげた徳富蘆花の半世を投影するビルドゥングス・ロマン『思出の記』。作中蘆花の兄蘇峰主宰の熊本大江義塾に擬せられる「育英学舎」での書生生活を描くシーンにこんな一景が綴られている。

ときは明治十年代後半。明治元年生まれの主人公とかれの学友たちは、寄宿舎の二階にあって、夜ともなれば煎餅蒲団にくるまって、ローラン夫人と断頭台へ上ったり、パトリック・ヘンリーと演台に立ち「吾に自由を与へよ。然らずんば死を与へよ」と叫んだり、ミルトンと議論をかわすという愉快な夢をみている。それというのも、

二三年前三国誌に耽つて張飛の長坂橋に胸を轟かした僕等は、今「西洋血潮小嵐」「自由の凱歌」など云ふ小説に余念もなく喰ひ入る時となつた。学生の中に、浅井と云つて、年は十七だが、十二三にしか見えぬ少年が居た。君は何故其様小さいのだ、とからかふと、僕は頭上に圧制政府を戴いて居るから大きくならんのだ、二十三年になると急に伸びるから今に見給へ、と答へるのが常であつた。柄に似合はず、朗々玉を転がす様な美音をもつて居るので、「自由の凱歌」の載つて居る自由新聞が来ると、「浅井、浅井——浅井は何處に居るか」と浅井を呼

び立て、窓の下に嵩なりたかつて、浅井が例の美音で朗読するのを聴いて居る。時々は興旺して、「ワア」と喝采の声をあげる。其れから経国美談の番で、僕等は幾晩徹夜してイパミノンダス、ピロピダスとセーベの経営に眼を悪くしたかも知れぬ。

明治十年代後半といえば、自由民権運動の最盛期。ご覧のとおりこの時勢に連動して、時代の青年たちは政治小説へ熱狂という季節にあったのである。

どういうことかといえば、明治十四（一八八一）年、北海道開拓使の官有物払い下げ事件によって官民の対立が激化。いわゆる明治藩閥政府はこの一大スキャンダルに対処すべく、廟堂にて政変断行（大隈重信追放）。ほぼ同時に明治二十三年を期して国会開設を約束するという詔勅発布となる（引用の一節に、浅井なる書生の身長が「二十三年になると急に伸びるから今に見給へ」とあるのは、そのことをふまえたもの）。そこへおりからの民権運動の高潮もあいまって、国会設立目途の自由党や立憲改進党といった政党も立ち上げられ、もっぱらそれぞれの政党系新聞を舞台とする政治小説ブームの発生に至ったというわけだ。

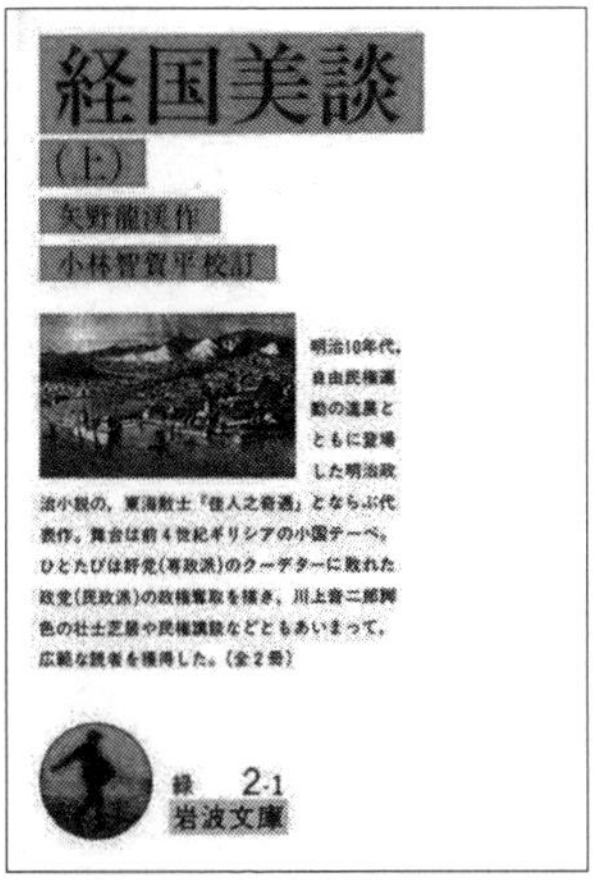

矢野龍渓作、小林智賀平校訂『経国美談』（上）岩波文庫、1969 年

さてそこで、ここに採りあげたのが、やはり上掲

一節のラストへ出てくる『経国美談』である。つまり、このジャンルの傑作のひとつとされる矢野龍渓《りゅうけい》の政治小説で、作者が福澤諭吉門下として、また改進党の宣伝マンとして売出中だったころのある種のプロパガンダ小説——具体的には、右の一文にも出てくる英雄イパミノンダス（威波能）、ピロピダス（原本ではペロピダス＝巴比陀）らが、ギリシアのスパルタ圧制に抗してセーベ（斉部）国の民権確立と国権伸長に政治活劇よろしく奮闘するまさしくポリティカルな海外歴史譚である。というよりわたしにいわせれば、たぶん当時の読者にとって、イヤ現代人だってみたこともきいたこともないだろうまったく未知なる異国の山や川、英雄や悪漢、神や幽霊、虎や狼たち乱舞の痛快にしてえらく面白い政治講談ということになる。

それだから、たとえば批評家の前田愛によれば、『経国美談』は「当時の青年層を鼓舞して政治的自由と国の独立へのはげしい意欲をかきたて」、時代の知的大衆の心を深くとらえていくように（『新潮日本文学小辞典』）。

実際これは、徳富蘆花の上掲の作中シーンが示唆的だろうし、したがってまた「育英学舎」すなわち大江義塾で少年蘆花を訓導していた、そして『経国美談』の作者矢野龍渓と親交もあった徳富蘇峰ものちにさまざまなテキストで言及しているところでもある。たとえば蘇峰は、まさしく明治の青年のひとりだったころの読書体験を回顧して、そのころ外国文学ではトルストイやユーゴーを愛読していたけれど、日本の小説もかなり読んでいて、なかでも「予が少年時代に最も予を動かしたる小説は矢野文雄の『経国美談』であつた。……今日からみれば『経国美談』などは、もとより幼稚の作であるといつても差支えない。しかし、当時にあつてはこれさえも極めて珍しきものであつた」とか（『読書九十年』）。くり返すが、蘇峰によれば、後年考えてみれば龍渓の『経国美談』は「幼稚」な作品ではあったんだろうが、かつては政治小説というものそれ自体とても珍らしくおもえたし、かつまたそれゆえに面白くもあったというわけである。

では、今日忘れ去られたというか、ほとんど新聞記者のルポルタージュものや、いわゆる暴露本の類いにとって代わられた感のあるこの政治小説というジャンルは、いったいなにゆえに明治の十年代に出現したか。そもそもまた、政治小説というのはいったいどういうもので、またいかなるしだいで当時の読書人の心を深くとらえたか。『経国美談』の作者矢野龍渓の人となりや作品そのものへ分けいっていくまえに、まずはそのあたりからみておこう。

戯作小説、翻訳・翻案小説

明治十八年から十九年にかけて公刊の坪内逍遙の『小説神髄』（本書には『経国美談』へのやや批判的な評もある）。大方のみるところ近代文学の出発点は、これとされる。そのタイトルの意味を説いて、逍遙はいう。「小説の主脳は人情なり、世態風俗これに次ぐ。人情とはいかなるものをいうや。曰く、人情とは人間の情欲にて、いわゆる百八煩悩是なり」。つまりこれからの文学――近代小説というのは、この「人情」をそのまま描くんだってこと。人間には天使的なところもあるけれど悪魔的なところもある。だからそんな善悪雑種的人間の「百八煩悩」の実をそのまま写す。すなわち、人間の真実を写実するところに近代文学の「神髄」があるというわけだ。

とするなら、この超有名な文学理論本で逍遙の批判したそれまでの文学——つまり近世までの小説とはどういうものだったか。というとそれは、たとえば滑稽本、洒落本の示唆するごとく、およそエンタメ系の作風だった。面白おかしい戯れの作り話、すなわち戯作である。文章表現がほとんど画一的にして類型的な小説である。つまり、いうなれば美人はおおむね見目麗しくいと慎しい。男子は勇壮凛としてマッチョ。しかも物語世界は、たいてい勧善懲悪・因果応報に彩られている。しかし時代はいま明治という近代、小説もそれなりに新しくあらねばならない……とまあ、これが逍遙のいう新時代にふさわしい小説というもののポイントなんだろう。

時代はチト遡るけれど、ならばこの近代的文学観出現まで、わが国文学の情勢はどんな足跡をたどっているか。あらためてそのことをおさらいしておこう。

明治初年、まず日本は鎖国を解いて、本格的に西洋の文物移入の季節に至る。和装着物姿、荷馬車往来のところへ洋装、蒸気機関車の時代、つまり文明開化となる。むろん全国レベルで文明開化が均霑《きんてん》するにはそれなりの長年月を要したにしても、ひとまず西洋文明はそれまでのような単なる知識としてではなくリアルな現物として実見できるようになったのだ。たとえば、ザンギリ頭に洋服が漸次普及してくる。ガス灯も洋風建築も洋食レストランも出現する。明治天皇行幸のうえ競馬もはじまれば、現代の早慶レガッタに受け継がれるような競艇も開催され、運動会も盛んになってくる。軍隊も侍オンリーじゃなく士農工商みんな参加、学校教育もひとしなみ義務化。つまり、文明開化現象のひとつとして四民平等となった。むろん佐田介石の「ランプ亡国論」みたいなガンコな文明開化反対論もあったんだが、とにかく日本社会全般へ西洋崇拝の気運があふれ、ハイカラ文化の導入は流行の最先端となったのである。

新しい文学が立ち現われるのもそんな西洋文化へのあこがれの風潮のなかからだ。そのあらわれのひとつが、仮名垣魯文一連のヒット作で、たとえば明治元年から五年にかけて断続的に刊行された『西洋道中膝栗毛』となる。タイトルの示唆するとおり、これは十返舎一九の滑稽本『東海道中膝栗毛』を近代ふうなパロディ・ヴァージョンに改変したもので、中身はかの弥次さん喜多さんの孫に設定の弥次郎兵衛と喜多八なるコンビが、東海道の宿場町旅行ならぬ横浜からロンドンの道中にて、親本同様微苦笑を誘うくだらん馬鹿騒ぎや失態をくり返す道中記というもので、要するに近世と近代の文明風俗の対比によって、明治人が愉しく読めるモダンな戯作小説だったのである。

もうひとつ明治四年に出たかれの『安愚楽鍋』も、ほとんど同一趣向の作品といってよい。つまりこちらは、江戸時代までの食習慣になかった牛肉を供する牛鍋屋を舞台に、さまざまなお客に「牛鍋食べねば開化不通」なんて科白を吐かせ、日本人通有の新しもの好きというか、文明開化でわれさきに西洋文化へ飛びつく庶民の滑稽な姿をユーモラスに風刺する小説だった。

したがってこれらの作品は、ひとまず西洋の国々や西洋文化を材料にしているという点からみれば、たしかに新しい。新しいがしかし、モダンなところはそこだけで、文体や表現スタイルは江戸戯作文学そのままだったから、表層のみの近代ふうな新奇さにとどまっている小説といえよう。

ついで出現したニューモード文学は、文明開化の風俗流行現象が、すくなくとも東京界隈でそれなりに行き渡ってきた明治五年ころを前後して盛んになってくる。それがすなわち、翻訳小説である。なにしろこの分野の必須文献といってよい筑摩書房『明治文学全集』に丸ごと一巻が割り当てられているくらいで、それはもうタイヘンなブームだったのである（第七巻「明治翻訳文学集」参照）。

もっとも、いまあらためて考えてみればこれ、当然の成行だろう。たとえば福澤諭吉の『西洋事情』（慶應二〔一八六六〕年）や『世界国尽』（明治二〔一八六九〕年）に親しみ、魯文の『西洋道中膝栗毛』（明治三〜九年）や『安愚楽鍋』（明治四〜五年）を手にして、西洋の文明文化をひととおり知ってみれば、さて西洋の文学そのものはいったいどういうものかとなる。そもそもまた、外国の「世態風俗」を手っとり早く、かつ面白楽しく知りたければその国の小説を読むにしくはない。それに、日本人にとって外国文学といえば、実に長い間ただひたすら中国文学＝漢文学一辺倒だったんで、それ以外なんにもしらない。それで明治期のはやくから西洋ノベルのダイレクトなトランスレーション本があまた出回りだしたのだった。

で、その代表格はといえば、たとえばデフォーのあの『ロビンソン・クルーソー』翻訳の『英国魯敏孫全伝』（斉藤了庵訳、明治五年）、『アラビアン・ナイト』翻訳の『暴夜物語』（永峰秀樹訳、明治八年）である。さらにこのジャンル、明治十一年、のちに映画なんかでもくり返しリメイクされるジュール・ヴェルヌ原作の『新説：八十日間世界一周』（川島忠之助訳）みたいなメガヒット本も出現して、結果出版点数もおびただしい。だからむろん、こうしたジャンルも新しい近代文学タイプにカウントされているというわけだ。

明治の政治小説

そしてそこで政治小説の出蕃となる。すなわち明治十年代、これが翻訳小説ブームと重なるかたちで出版界・文学界ひいては政治社会で大きな流行現象となってきたのである。

では、そもそも政治小説ジャンルとはどういうものか。というとこれには古今を通じた定説がある。実相は『経国美談』探訪の折々にみていくとして、ここではひとまず、政治小説とは、

■政治的宣伝扇動、政治思想の啓蒙などを目的として、政治問題をとりあげて描く小説であり、およそ明治十三年ころから民権運動家が自分たちの政治的立場を（合法的に！）訴えていく新手の手段だったこと。
■それまでおなじみの伝統的文学にはまったくみられないジャンルだったこと。
■ただしその内容の近代性に矛盾して、おおむね旧来の大衆娯楽文学の戯作形式が採用されていること。

■また、その目的が国会開設や憲法発布によってひとまず達成されると漸次フェイドアウトしていき、やがて社会主義文学、プロレタリア文学へと変質・転換していくこと。
■この分野の代表作には、必ずといってよいほど矢野龍渓の『経国美談』（プラス東海散士『佳人之奇遇』明治一八～三〇年、末広鉄腸『雪中梅』明治一九年）が挙げられていること。（弘文堂『政治学事典』、『新潮日本文学小辞典』参照）。

そんなわけで、あらかじめ以上をおさえたうえ、たいていの文学史本で政治小説作家のイのイチバンに登場の本題となる『経国美談』の作者・矢野龍渓の人物とキャリアを簡略にチェックしていこう。ここでは参考資料として、かれの人物像の理解に有用とおもわれる前出徳富蘇峰・蘆花両人の龍渓評を紹介しつつ。

政治家にして文人を兼ねた才人、龍渓矢野文雄は、幕末ペリーの黒船来航の三年前、嘉永三年に豊後佐伯藩士矢野光儀の長男として生まれている。藩校四教堂に学び、明治三年、父の上京にともなって東京へ。翌年から慶應義塾へ通い、福澤諭吉から英学を学び、はやくから語学の天分を発揮したという。ために卒業後は「助教」に任じられ、ついで大阪慶應義塾「監督」をへて「郵便報知新聞」の副主筆へ就任し、西南戦争の従軍報道に携わっている。その一年後、福澤の推挙で時の大蔵卿大隈重信のもと、大蔵省書記官となって、先述の明治十四年政変で大隈が野に下り改進党を結成するや、ただちに矢野も官を辞し、その政党組織化へ尽力することになる。

明治十五年、大隈の資金で買収の『郵便報知』へ戻り、このときは社長ポストだったという。そのあたりの事情、のちに徳富蘇峰がこんなふうに回想している。すなわち、そのころ「栗本（鋤雲＝引用者注）と福沢先生とが、大変親友であって、あなた方の塾から少し出来るものをわたしの方に寄超さんかという、それは宜しかろうというので、福沢先生がどしどし報知新聞へ人を送り出したのである。それが即ち矢野文雄とか、藤田茂吉、箕浦勝人、牛場卓三《ママ》、そうして犬養毅、こないだ死んだ尾崎行雄などというものは、皆福沢先生の紹介で報知新聞に行ったのである。報知新聞の議論はラジカルで、そうして政府のなすことに対して頗る批判的な論文を書いたものである」（『五十人の「新聞人」』一九五五年）。

　みてのとおり、ここまではある意味順風快走の行路だったんだが、この年春、龍渓は新聞経営と改進党の育成指導、合間をぬっての地方遊説活動など多忙がたたって、病臥に伏す。そこで、これまたある種よくあるパターンなんだろうが、このおりかれは、憮聊の閑暇を慰めんと読書にふけっているうちに、ふと民権拡張、憲政確立の要請を国民に奮起させる類いの「稗史小説」をものすることをおもい立つ。つまり、かつての頼山陽『日本外史』タイプの国民精神鼓舞作興の一書みたいなものを（このプロセスは、『経国美談』前編劈頭の「齋部名士経国美談自序」に詳しい）。ただ、新聞経営の実地体験から、そんなおもいをストレートな民権確立主張の物語に仕立てあげれば、たちまち政府から発行停止をくらってしまう。そこでおもいついたのが、たまたま一読のギリシア「斉部」国の勃興を記す英書で、その「正史」を装う面白い政治活劇ふうのストーリーならばどうかとなる。

かくてほぼ一年後の翌明治十六年春、小説『経国美談』成稿。三十三歳の壮年政治家矢野龍渓の小説家デビューとなる。かくてまた、この書は、冒頭に引いた徳富蘆花『思出の記』に点描されるような一大政治小説ブームを惹起するのである。

蘆花、蘇峰と龍渓

ところで、既記のように蘆花よりもはやく『経国美談』に心動かされたというかれの兄蘇峰と龍渓の出会いはいつごろだったか。これは、明治十九年、『将来之日本』でど派手な論壇デビューを飾る直前の蘇峰が、龍渓の海外紀行論文「周遊雑記の経済論」を『六合雑誌』でえらく手きびしく批評したことにはじまっている（『蘇峰自伝』）。そのことにつき、高野静子によれば、明治二十一年より足かけ四年近くつづいた蘇峰主催の明治文壇初発の文筆家の勉強会をかねた集団「文学会」において、龍渓は同会の中心的人物のひとりだったとか。で、最初若き蘇峰がかれにかみついてきたにもかかわらず、これを機に二人が親しくなったのは、「蘇峰の若い勢いを受けとめるだけの大きさを矢野が持っていたからにほかならない」（『蘇峰とその時代』）。

そこでつぎに、この「文学会」におけるいかにも大人めいた龍渓の風貌・風情を蘆花の自伝的作品『富士』第三巻から一瞥しておこう（以下熊次とあるのは蘆花、兄は蘇峰、Y先生は龍渓、K新聞は

『国民新聞』のこと）。

　経国美談のY先生に随喜した昔は遠い。明治二十二年五月、熊次が熊本から東京へ帰参すると、兄が幹事をして居た文学会の例会が萬世橋のほとり萬代軒で催されて、熊次は後でK新聞社員となつた飾磨君と粕絣に兵児帯姿で席末に列したものである。逍遙、美妙、学海、篁村、碌堂其他燦爛たる文星の聚会の中に、窓下の椅子に紋付羽織袴ゆつたりと口鬚黒く、顔蒼白く、飾磨君が其主宰の時務評論に書いたやうに「満場の文学者を小児視して殿様然と」構へて居る人がY先生であつた。兄に具せられて其前に一揖すると、Y先生は鷹揚に一礼した。食卓でもY先生は低いゆつたりした調子で饗庭篁村さんに松浦佐田姫の故事を問ふて居ると、篁村さんは恐れ入つた態度で何か答ふる状が今も眼にある。

　では、悠揚迫らぬ大家然として四囲の「文星」を「小児視」する龍渓の『経国美談』とはいかなる作品だったか。かつて蘇峰や蘆花を「随喜」せしめた政治小説とはどんな物語だったか。つぎにそのことをみておかなければならない。

『経国美談』という歴史絵巻

比較的近年に公開のハリウッド映画で『三〇〇（スリー・ハンドレッド）』という時代劇があった。紀元前四八〇年、ペルシア戦争のテルモピュライの戦いにおけるスパルタのスサマジイ肉弾白兵戦を描いた歴史ものだ。明治十年代後半、実はそのころの日本の多くの読書人を熱狂させた政治小説ジャンルのヒット作の嚆矢にして代表作のひとつ、龍渓矢野文雄の『経国美談』は、そのテルモピュライの戦いからおよそ百年後のギリシア興亡史のひとつにほかならない。

全二巻、作品の概要はざっとこんなところだ。古代ギリシアを舞台とする物語の主人公は、イパミノンダス、ペロビダス（プラス、いまひとりのメルロー）という英傑。かれらは祖国テーベの「民政」確立のために闘う憂国の志士だ。「前編」は、専制下にあったテーベに「民政」を回復するまでが描かれ、「後編」は、そのテーベがスパルタの侵略を撃退してギリシア全体の覇権を握るまでの過程が叙述される。翻訳と歴史と小説をブレンドしたような物語構成で、当時としては斬新な「雅俗折衷」の文体に特徴がある。なお、作中英語表記のテーベは「セーベ」、アテネは「アゼン」と記されているように地名・人名等に現代の表記とは異同がある。

ということで、ここで以下、明治十六年春とほぼ一年後続編発表のこの物語の内容をたどりつつ、なんだかときにアクション・シネマふうスペクタクルというか、ときに講談歴史絵巻ふうとでもいいたくなるような『経国美談』のおもしろさを検証していこう。

そのまえにこの作品に関するわたしなりの講釈をいくつか。まず、この政治小説の正式のタイトルは「齊部名士経国美談」となっている。つまり、書題からしてズバリ齊部という国の「名士」たちによる国家経営にさいしての「美談」のポリティカル・ストーリーなんだと明示されているということだ。いまひとつ、中身というか文章につき、『経国美談』では、政治小説のもうひとつの代表作とされる東海散士の『佳人之奇遇』などと同様、すべてカタカナと漢字表現で終始していることに留意されたい。すなわち、およそ明治二十年代中盤まで、政治小説を含む「政論」の書き物の文章スタイルはこれ式が多かったということに（ちなみに、ここで使っている小林智賀平校訂の戦後の岩波文庫版は、冒頭「人名・地名表」を掲げ、たとえば国名齊部がセーベ、物語の主人公のひとり威波能がイパミノンダスとされているごとく、カタカナ表記がぐんと増大。オリジナル本をいっそう読みやすくしている）。

本書の体裁についてもあらかじめ言及しておこう。まず巻頭には、往時の著名なジャーナリスト栗本鋤雲（ここでは別号「匏庵」）の「序」、ついで「龍渓学人」の署名で作者の「齊部名士経国美談自序」と「同凡例」、さらに「同引用書目」が掲げられている。その一例をあげておくと「一、英具朗社（George Grote）氏著希臘史　右千八百六十九年出版　十二冊」とあって、「前編」にのみ英語本全八書目並列のビブリオとなっているように。そして本編は「前編」が「第一回」から「第二十回」、「後編」が「第一回」から「第廿四回」まであって、各回の終わりに右の栗本鋤雲や成島柳北らの短い漢文による「尾評」すなわち内容講評がついている（この点の細目に関しては岩波文庫版「後編」の「校訂覚書」が詳しい）。また、文庫版では、前後編とも本文巻頭へギリシアの古地図が掲載されているが、原書では文中へそれらと共に適宜さまざまな関連挿絵が挿入されている。

ではつぎに、物語をみていくうえで重要ともおもわれる「齊部名士経国美談自序」についても、あらためてチェックしておこう。

その「自序」で龍渓いわく、そもそもこの書は、明治十五年の春夏に病を得て、そのおりたまたまギリシアの歴史本を読み、これがえらく面白くおもわれ、翻訳してみようと考えたことにはじまる。しかし参考書もなくギリシア史の細部がよく解らない。そこでこの間隙を幾分かの創作で埋めるという「小説体」を考えた。ただ、ここまでの「初志」はよかったけれど、多忙のため執筆の時間がとれない。それで致し方なく小説好きの「報知新聞社員」佐藤幾太郎への口述筆記によって成稿、本作はこれに修正を加えて完成させたものである（「後編」は別人による速記）。

というわけで本作は「小説体」となっているが、自分としては「正史」のつもりで仕上げた、とこの点を力説したうえで、最後にこんな「卑史小説」観が披瀝されている。

すなわち、小説は「世道」を補うところがあるといわれるが、それは「過言」である。小説というのは、しょせん「別天地」を作為するウソ話であって、またそれこそが「本色」だろう。つまり「卑史小説ノ世ニ於ケルハ、音楽書画ノ諸美術ト一般、尋常遊戯ノ具ニ過ギザルノミ。是書ヲ読ム者亦タ之ニ遊戯具ヲモテ、視ル可キナリ」とまあ、かくのごとく矢野龍渓は、小説をくだらん「遊戯」みたいな一段レベルの低いものとみているようなのである。

これは、「自序」につづく「凡例」でも、イノイチバンに本作はあくまで「希臘ノ正史ニ著明ナル事実ヲ、諸書ヨリ纂訳シテ組立タテタルモノニテ、其ノ大体骨子ハ全ク正史ナリ」と強調しているところからもみてとれよう。つまり政治小説勃興のこのころ、龍渓もまた、同時代の多くの文人のごとく、いまだ「小説体」つまり「軟文学」を蔑視する儒学・漢学を文学というか、すくなくとも漢学ふうをその本筋とするトレンド下にあったということだ。

さて、この漢学的教養のうえに洋学的教養をクロスオーヴァーさせた政治小説のひとつが『経国美談』だったことはいうまでもないところだろう。では、そもそもは「漢学書生」のひとりだったという矢野龍渓において、いったいどういうわけでその政治小説が「卑史」ならぬ「正史」でなければならなかったか。この点を示唆する一例として、やはり蘇峰主宰の民友社が明治二十年代に刊行した叢書のひとつだった「十二文豪」というシリーズをあげておこう。というのも山路愛山、北村透谷、徳富蘆花らの執筆したこのシリーズの「文豪」の顔ぶれには、トルストイやユーゴーに並んでカーライルやマコーレーが、また日本の「文豪」として滝沢馬琴、近松門左衛門らと並んで新井白石、荻生徂徠、頼山陽がセレクトされているからだ。つまり、今日では文学者というより歴史家や思想家にくくられる人たちが「文豪」とされている。なぜかといえば、わたしの考えでは、明治のこのころの文学世界には、儒学と漢学（漢詩文）、そして「歴史」こそが文学の正統なり主流とする「硬文学」のイメージが伴っていたというしだいで。つまり、明治初期の読書人にとって

「歴史」は、たんに物語的なエンタメ系娯楽としての関心から受容されていたのではなく、かれらの天下国家観へインフルエンスを及ぼすようなポジションにあると考えられていたのである。別言するなら、「歴史」は、文学の隣接領域というより同族・同系であり、むしろそのメインストリームにあったのだ。

したがって、明治十年代に一大ブームを惹起した政治小説群にも、たとえば『西国烈女伝』（明治一四年）『佳人之奇遇』等々、歴史に題材を求めた作品はそれなりに多い（むろんそれが明治政府の検閲による言論弾圧へのカモフラージュだったにしても）。それにまた、そもそも矢野龍渓その人からして『経国美談』著述の契機をのちにこう語っているではないか。

頼山陽の『日本外史』や、または『太平記』等に、南朝幾多の烈士が謹王の大儀に殉じた事跡を叙して、人目に躍如たらしめたことが、人々を奮い起たしめ、王政復古の機運を醸成せしむるに大効果あつたことは何人も認めて疑はぬところである。然るに今民権伸長、憲政樹立の大業は、日本初めての事であるから、一般の人心を振ひ起さしむべき歴史も、伝記も、小説もない。

すなわち、龍渓は、まさに『経国美談』によって『日本外史』『太平記』などにも比肩すべきものを書いたんだというのである（『龍渓矢野文雄君伝』昭和五年）。時代はしかも、自由民権運動激発のさなかにあるまさに政治の季節。そして作者龍渓は、既記のとおり、ちょうどこのころ売出中の政治家であって、そのスター「政客」の手による政治小説だったがゆえに、時代の政治青年たちの興味関心を引く。しかもそれまで一般に読本や戯作として軽視されていた小説に政治と「歴史」＝「正史」を持ち込んだのである。かくて龍渓は、はからずも読書人の小説観の変化を促し、小説を「漢学書生」の本流へ引きあげる。おまけにそこには洋学的教養もみなぎっている。つまりかれは、小説をいわばナンパな教化本とのみ考えがちな漢学流のトレンドの改変を促し、さらに小説の本筋は「歴史」にあるという構想を具現化して、小説を十分天下国家に関わる「遊戯具」としたといえるのである。

しかもまた、一般にいまだ海外情報が不足しており、かつまた新しいスタイルの歴史小説も出現しておらず、おまけにこの種の政治小説それ自体まったくフレッシュなころでもあったから、この『経国美談』の意義はすこぶる大きいものがあった。ゆえにまた、とそのことを岩波文庫版の校訂者、小林智賀平は、つぎのように的確に評している。

龍渓はギリシアの古代史に通じ、一々出典をあげて、正史に忠実なることを努めているから、読者は小説を読む愉快と、正史を読む効能を同時にもつことができよう。龍渓の意図は『大日本史』『日本外史』『太平記』などが、王政復古の機運を引き起こしたのにならって、民権伸長、憲政擁護を鼓吹するには歴史伝記ではなく、『太平記』流に小説にして、読者を興味で引きずっていくことを狙ったわけで、以て立憲運動を惹起しようとしたものである。この限りにおいて、龍渓の『経国美談』は成功し、また飛ぶようによく売れて、憲法発布、国会開設に直結し、龍渓の意図は実現されたといってよかろう

「矢野龍渓――人と作品『経国美談』を中心として」

政治活劇『経国美談』

では、以上を念頭に、ここで「小説を読む愉快と、正史を読む効能を同時にもつ」とされる『経国美談』の物語とはどんなものだったか。その政治活劇の展開をやや詳しくみていこう。

冒頭まず、現在の中央ギリシア、ヴィオティア地方にあったとされる国都の一学舎に学ぶ「童子」たちが登場する。それがすなわち、ひとりが才略抜群にして人品優美、もうひとりが義に篤くつねに冷静沈着、最後のひとりが豪胆で勇気満点のこの三人となる。

ペロビダス　（智）
イパミノンダス　（仁）
メルロー　（勇）

ときはかれらが長じた紀元前三八〇年前後。ついでこの時代の国際政治情勢が語られる。で、従来ギリシアの強国は例の二国で、図式化すればこんな体制だった。

スパルタ――王制、軍事国家（陸戦強）
アゼン――共和制、文化国家（海戦強）

このころしかし、かねてスパルタと覇を争ってきたアゼン（アテネ）は、ペロポネソス戦争による疲弊もあってかろうじて独立を維持している状態にある。対するスパルタも、往時しだいに奢侈の風潮に流れ、亡国の路をたどりつつあった。そしてここに新興国家としてのしてきたのが、「民政」（民主主義）国で、約四百名の代議院とその下へ人民の「公会」を有するセーベというわけだ（「公会」は円形で、今日の議事堂のごとく右回りに与党、中立党、野党の配置とあり、この描写自体明治の読者にとって勉強になったはず）。

ただしイパミノンダスら参加のセーベ「公会」は、ひとつ問題を抱えていた。それが民主制を主張する「正党」と寡頭専制を欲する「奸党」の烈しい政治的対立である。「奸党」の代議員、ヒリップは弁の立つソフィストで、BC三八二年、時の「論戦場裡」にさいして、「執政者」がコロコロ交代する「民政」ゆえに衰微しつつあるアゼンの現状をあげ、ある意味もっともな民主制の非効率を訴える。ついで、さながら現今の党首討論のごとく「正党」における「仁」の人イパミノンダス登壇で、かれもまたある意味もっともなこんな演説をする。すなわち、

今日アゼンノ衰弱セルハ、決シテ民政ノ弊ニアラズ。人民ノ徳義頽壊セルノ、致ス所ナリ。昔時アゼンノ国勢ヲ煥赫トシテ、列国盟主ノ地位ニ立チシハ、之レ豈アゼン民政ノ、盛時ニアラズヤ。アゼンノ衰弱セシハ、他故アルニ因ル。決シテ人民偽政ノ、弊ニアラザルナリ。且ツ執政者の屢〻更迭スルハ、是レ人民参政ノ人民ニ、利益アル所以ナリ。若シ執政者更迭セズシテ、民心ニ背ク者、永ク政柄ヲ執ラバ、セーベ人民ノ不利、果シテ如何ゾヤ。

ところが「公会」の「正党」陣やんやの歓声沸騰のまさにその刹那、突如あたりへ一群の兵が乱入。「奸党」のリーダーは、かれらを従えつつすかさず「公会」解散を宣言となって、イパミノンダスら「正党」のリーダー逮捕を命じる。

むろんこれはいまにいうクーデターで、この瞬間からセーベは一朝にして「民政」から寡頭専制の国家へと一転。そして、この政変の背後にスパルタの策謀があったことが判明するのである。「奸党」の首謀者は、そのスパルタ軍のセーベ来着をまって、「正党」人の妻子を人質にとり、いよいよイパミノンダスらの捕縛に向かう。かくてピンチを察したイパミノンダスの運命はいかにといえば、かれは追及を避け海浜へ至るパルネストなる河へ大ジャンプ。しかるに奔流急激のため、こ

こで気を失ってしまう……となんだかいかにもの波瀾活劇のシーン連続となっていく。すなわちここで、やはりいかにも張扇調の救世主登場で、それが溺死寸前のイパミノンダスを蘇生させる漁師アンジウス親子だった。

ところで、まるで映画か講談芝居みたいなここでのシークエンス、むろんまったくの龍渓の創作であり、またその元ネタもはやくから割れている。というのもこの段、たとえば先の前田愛によれば、じつは滝沢馬琴の「南総里見八犬伝」において、古那屋文五兵衛が芳流閣で格闘した犬塚信乃・犬飼見八を救いだす趣向がそのまま借用されているんだとか（『近代日本の文学空間』平凡社、二〇〇四年）。

そもそもまた、『経国美談』は、馬琴の小説作法に多くを学んでおり、たとえばイパミノンダスらが、「奸党」の専制政治を打倒してテーベの民主政治を再建するまでの苦難を描いた「前編」と、専制国家スパルタを打倒するまでの経緯を物語る「後編」との二部構成になっているが、それ自体下敷きには八犬士の冒険と対管領戦とからなる「八犬伝」の二部構成が踏襲されているともいう。しかもそのことは、先に紹介の各回毎の「尾評」において、この物語のプロットの展開は、馬琴の「卑史七則」（伏線・照応等）の構成法が縦横に駆使されていると指摘されているではないか。

要するに、龍渓はさきの『経国美談』「凡例」で、この作品はあくまで「正史ノ実事ノミヲ纂訳」した「歴史」であるとくり返し力説し、参考文献もきちんと提示されているにもかかわらず、ストーリーのえらくおもしろい講談的な展開は、実はやはり龍渓創作の「小説体」によって支えられているところが大きかったのだ。

ところでまた、話がいささかズレるかもなんだが、『経国美談』を一読しているさなか、わたしはちょくちょく昭和初期におけるいわゆるプロレタリア文学流行時に発生の「政治と文学」の対立テーマを想起している。つまり、政治的には正しい内容でも小説としてはおもしろくないとか、文学としてはおもしろくよくできていても政治的によろしくないとか、ゴチャゴチャ論争していたマルキスト文学者たちの懐かしのあれのことだ。そしてそんなことをいったって、それこそプロ文学なら、たとえば小林多喜二の『蟹工船』や『党生活者』など、かねてどちらのテーマもえらく巧みにミックスされていておもしろいんだけどなともおもったもの。すなわち、わたしはこの政治小説『経国美談』を、プロ文学における小林多喜二の作品同様、「政治と文学」の対立テーマをまことに絶妙に配合した傑作と考えているのである。すなわちまた、上に瞥見のごとく、この物語は、古代の英雄イパミノンダスらが、ギリシアのスパルタ圧政に抗してかれらの母国セーベの民権確立と国権確立に政治活劇よろしく奮闘するまさしくポリティカルな歴史譚にほかならない。いや、わたしの見立てでは、それこそ山も川も花も月も、さらに英雄も盗賊も悪人もあり、虎も狼も神も幽霊も躍動する痛快にしてすこぶるおもしろい政治講談みなぎる一大スペクタクル・ドラマそのものとなる。

実際、『経国美談』は、明治十六年と翌年にかけての上下巻公刊後ほどなくして講談の人気題目となり、漢詩にもなれば、浄瑠璃や芝居の演目ともなって、大衆のタイヘンな人気を博したという。

そしてその爆発的な人気の最大の要因のひとつは、それまで世に出回っていた政治小説にみられない歴史的事実の「脚色」にあったのである。つまり、龍渓その人のいう「正史」（科学）と「稗史小説」（芸術）の絶妙なブレンドにあったのだ。

加えてまた、ちょうど本書出版のころ時代の青年たちが希求していた理想的な「民権政治」を、古代ギリシアの史実に仮構して物語化したこと。さらに、当時の読者にとって見たことも聴いたこともなかったであろうはるかなる異国の、しかも古代西洋の世相人物と政治を描いて、極東島国の読書人の耳目を一驚させたこと。しかもまた、やはり作者のいう「漢文体」「和文体」「欧文直訳体」「俗語客文体」を織りまぜた、おそらく往時にあってはとても読みやすかっただろうその文章もポイントといえるだろう（おもうに現代の読者もカタカナと漢字だけのその文章、ちょっと馴れてくればスラスラと読みついでいける平易な文に驚かされるのではないか）。

『経国美談』のストーリー

では、全二巻、さらに『経国美談』のストーリーをあらためて縮約しておくと、物語の主人公は、それぞれ（智）を示すペロピダス、（仁）のイパミノンダス、（勇）のメルローの三人だ。かれらは、祖国セーベの「国権」確立のために闘う憂国の英傑で、「前篇」は専制下にあったセーベに「民政」を回復するまでが描かれ、「後編」はそのセーベがスパルタの侵略を撃退してギリシア全体の覇権を握るまでの歴史が叙述されている。

ここには、幕末維新に活躍のいわゆる「志士政客」の姿を想わせる英雄の輝きが刻印されている。なにか赤穂義士の艱難辛苦の果ての忠義と大願成就そのものといってよいような活劇が展開されている。大変革期にふさわしい文明の進歩と人間平等の理想が描かれている。封建時代の恋愛関係とまったく異なる、まるでシェークスピア劇のごときラブロマンスが謳われている。そしてなによりも苛烈にして醜悪な専制政治にたいする「民権」と「民政」の勝利が訴えられている。

以下、こうしたシークエンスのサンプルをいくつか拾っておこう（流麗な文体ともども味読されたい）。たとえば、（智）の人ペロビダスは、寡頭専制を欲する「奸党」のクーデターによりセーベを追われた後、祖国の「民政」を回復せんと亡命先のアゼン（アテネ）の「公会」へ飛び込み、まさに明治の「志士政客」よろしく自国の危機をすばらしく沈着な調子でこんなふうに訴えている。


スパルタハ、人民ノ参政ヲ悪ム、虎狼ノ邦ナリ、アゼン、セーベハ人民ノ参政ヲ貴ブ、道理ノ邦ナリ、故ニスパルタアゼン、セーベ二国トノ盛衰ハ、啻ニ邦国ノ、盛衰ニアラズシテ、専制政治ト自由政治トノ、興廃ナリ。アゼン、セーベ二国ノ不幸ハ、啻ニ二国ノ不幸ニ止マラズ、蓋シ希臘全土ノ不幸ナリ。果シテ然ラバ、二国ノ人民ハ後世子孫ノ為ニ、其ノ治体ヲ維持セザル可ラザルナリ……今日倣邦ノ存亡ハ、唯当国ノ人民諸君ノ、意中ニ在ルノミ。

かくてアゼンの「会民」は全員絶叫して「援フ可シ」「助ケズンバ、アルベカラズ」とセーベ人の演説へ喝采に至る。

ところがこのころ、セーベ「奸党」の弾圧によりアゼンへの有志亡命者も漸次増えてきて、やがて総数三百名を超えてくる。となればかれらの「困難ナルハ生活ノ費用」となってきて、「此ニ於テ有志者ハ、多ク目立タザル處ニ、職業ヲ求メ、本国ニ在リシ昔ニ引カヘテ、手熟レス微賤ノ業ヲナシ、其日ヲ過スモ多カリケリ」とあるとおり、まさしく忠臣蔵そのもののような展開となり、実際この亡命者たちは後のセーベ「民政」回復に大働きをなす忠臣義士となっていく。その一方で、ペロビダス、メルローらは、かれらに同情的なアゼンの温厚な行政官リシスの「厚意」により、ひとまずかれの家に「寝食スル事」ができている。しかもそのリシス家には、名をレヲナという容姿性格ともに端麗なる令嬢が暮らしている。むろん当初彼女は、当家への亡命者とは淡正な接触だったが、これが歴史物語の読者のだれもが期待するいかにものラブロマンスへの昇華を予兆させるシーンへと展開していく。

たとえば、レヲナの父リシスは、彼女に向ってしばしば食客のひとりペロビダスの「人品骨柄」を称賛し、「斯ル男子ハ世上ニ稀ナルベシ」などと口にするに及んで、やがて彼女もかれと顔を会わせるたび、

　言語、容貌、進退、応対ニ至ルマデ、意ヲ留メテ、一々之ヲ注視スルニ、婦人ニ接スルノ言

語ハ、簡短ニシテ沈着ナレドモ、亦タ乾燥セル厳格ノ語気ナク、厳然タル威儀ノ中ニ、靄然タル和気ヲ含ミ、優美ナリト雖モ放縦ナラズ、厳正ナリト雖モ険烈ナラズ、真ニ是レ温和ヲ以テ、威厳ヲ包メルモノナリ。レヲナハ父ノ称賛セル辞ヲ思ヒ、ペロビダスノ挙動言語ニ、斯ノ如ク深ク注意スルニ随ヒ、最初ニ生ジタル崇敬ノ心ハ、遂ニ漸々ト愛慕ノ情ニゾ、変化シケル。

ちなみに、この二人の起居する部屋には庭園が連なっており、むろん異性の入室厳禁とはいえ、以後レヲナは庭の花々や樹木の陰からペロビダスを望み、追い追いと現代のわれらのつい連想してしまうロミオとジュリエットそのままのような清らかで美しいサブ・ストーリーへ誘われていくのである。

他方で、ペロビダスら英雄たちと行動を共にする他の有志連はいよいよ「赤貧」に追い込まれ、ためにかれらはセーベ復帰の「義」を果たすべく、さまざまな政略を立て、そこからほとんどハリウッド映画さながらのスリリングな冒険的活劇の連続となり、上巻におけるセーベの「民政」復活、後巻におけるセーベのギリシア覇権確立の大団円へと至るのである。

ところで、この物語の仮構された時代における政治小説の最大の特質なり魅力のポイントとはどんなものだったか。そのことをわたしは、つぎに採りあげる東海散士の『佳人之奇遇』と抱き合わせて論じてみたいとおもう。

第七章　国際浪漫と民族独立

東海散士『佳人之奇遇』

明治二十年

陸軍少佐柴五郎

古い作品だが、いわゆる義和団の乱（北清事変）をドラマ化した『北京の55日』（一九六三年）というチャールトン・ヘストン主演のハリウッド映画があった。このフィルム、子ども時分封切館で目にした憶えがあるけれど、そのときも後年テレビの名画劇場みたいなプログラムで再見したときもイマイチの歴史活劇かなとおもったもの。全体的にアメリカン・サイドに立っているといおうか、西洋人のいかにもオリエンタリズム的な目線で事変をとらえているきらいがあって、たぶんそこらあたりにいまひとつぴんとこなかったのではないだろうか。それにいま考えれば、実際事変の鎮圧に重要な役回りを果たしたはずの日本の姿がゼンゼン描かれていない。

ごぞんじのとおり、「扶清滅洋」の旗を掲げる義和団の暴力的な攘夷運動によって陥った西洋列強の「北京の55日」というピンチを救ったのは、当時中国大陸へ進出していた関連八カ国の連合軍で、その主力が日本軍だったのである（連合軍総勢二万八千の半数ほどはわが国の出兵）。また、これを率いていたのが、のちの陸軍大将柴五郎だったこともそれなりに知られているようにおもう（ちなみに、『北京の55日』では伊丹十三がほとんどチョイ役みたいな趣でかれの役を演じていたはず）。たとえば、司馬遼太郎の『坂の上の雲』にも例の秋山真之・好古兄弟の同輩として登場しているし（ただし、この作品でもチョイ役扱い）、比較的最近のNHK大河ドラマ『八重の桜』（二〇一三年）でもチラリ描かれていたごとくに。

近年わたし自身面白く読んだ柴五郎登場の物語もある。これまた数年まえＮＨＫのＢＳ放送でドラマ化されたという（こちらは未見だが）浅田次郎の清朝滅亡期を舞台背景とするエンタメ小説『蒼穹の昴』がそれである。この小説で柴が登場するのも、やはり義和団の乱発生前後のシークエンスだった。すなわちこの作品での柴は、『万朝報』北京特派員記者という設定の岡圭之介という狂言回しからちょくちょく取材を受けるという筋立てになっており、ここでかれの人となりが巧みにあぶりだされているのだ。ということで、まずはそのあたりからみておこう。

陸軍砲兵少佐柴五郎は、岡圭之介と同郷の旧会津藩士。三十年前の「御維新」の戦では、わずか十歳で官軍を迎え撃ち、傷を蒙って捕虜となった。東京に送られたのち脱獄して市中を流浪し、やがてかれはさまざまの辛苦の末に知己を得て軍人の道を歩みはじめる。柴はまた、寡黙で多くを語らない男だが、岡は会津落城のおりにかれの母と姉妹がことごとく自害して果てたという酷い噂を知っている。むろん柴が陸軍きっての「支那通」であり、さる日清戦争では重要な特殊任務を果たしたことも。また柴は、岡にとって大恩人でもある。たとえば、柴は在京の旧藩子弟を集めて身許保証人となり、私

東海散士『佳人之奇遇』『政治小説集二　新日本古典文学体系明治編 17』岩波書店、2006 年

財を擲って教育を受けさせ、いっさいの見返りを拒んだという。それにかれは、いまだ朝敵の汚名を拭えぬ会津出身者の心の拠り所であり、薩長軍閥の中にあって唯一例外的に出世をした、希望の星でもあった。

そして、そこからいかにもの小説的場面となってくるのである。すなわち、菊の御紋章を戴く日本公使館の門をくぐった岡は、駐在武官室の机上に広げられた『万朝報』の記事を指す柴にかくきびしくいわれる。「どういうことが起きようと、二度と再びこの国を敵に回してはならんよ。わが国にとって支那を敵とすることは、天に向かって唾するようなものだ。支那が列強の植民地になれば、日本は東洋の孤児になる。君もそのつもりで、できうる限りの努力を払わねばならん」

岡はおもう。『万朝報』の紙面は病める清国を揶揄する記事で埋めつくされている。むろんこれは自分の本意ではない。しかしいくら東京へ公平な記事を送っても、どれも読者の期待に添うものへと書き改められてしまうと。

「主筆の黒岩さんは、小説家だな」と、柴は会津訛りで再びこんなことを口にする。

どだいこの国を弓矢鉄砲で屈服させることなどできるはずはない。朝鮮で騒ぎを起こしたことは、わが国にとって千年の恥辱だ。他人の弱みにつけこんでたかだかの勝ち戦にうかれていると、今に大変なことになるぞ――そう言っても君にはどうすることもできんだろうが……ともかく早く出世をして、君自身の主張を書くことが肝要だ。その点は、本官も同じだがね。

とまあ、ほんの一節だが、浅田次郎『蒼穹の昴』（一九九六年）では以下およそこういう調子で柴のキャラクターが造形されているのである。つまり、左巻きとはいわないまでも、現代の読書人向きというか、戦後の日本人が了解しそうなパシフィスト型の人物の作りになっているというわけだ。

さて、ここでひとまず柴五郎の姿を現代ノベルからちょっとスケッチしておいたのはほかでもない。明治の前半期、これまでみてきた矢野龍渓の『経国美談』（明治十七年）と並んで政治小説の記念碑的一作とされる大作――つまり、ここでの本題となる『佳人之奇遇』の作者東海散士《とうかいさんし》こと柴四朗は、柴五郎の兄弟だったこと。また、いまやだれにも読まれなくなってしまったこのまことに痛烈な政治小説の主題は、実はこの柴兄弟の生い立ちと密接な関連があったからだ。

『経国美談』同様外国に題材をとった『佳人之奇遇』、ではいったいどんな物語だったか。あらかじめその主筋を記しておけば、ざっとこんなところだろう。すなわち、たまたまアメリカ、フィラデルフィアの独立閣を訪れ、自由の「破鐘」を見学しつつ独立の遺文を読む物語の主人公散士は、幽蘭、紅蓮というまさに二人の「佳人」とタイトルどおりの「奇遇」に至る。ここで散士は、スペインの革命運動に失敗した貴女幽蘭と、アイルランドの独立に挺身する烈女紅蓮から、それぞれの祖国の悲境をきかされる。そしてこれが発端で、やがて明の遺臣の血統をひく中国人鼎泰蓮やアイルランドの独立党の領袖波寧流女史なども登場して、かれらはたえず悲憤慷慨の政治談議を交わす。散士はつまり、十九世紀の帝国主義時代における小国の運命に異常なほどの同情を持ち、それらの国民の自由と独立への憧憬を、強烈な共感をもって謳いあげるということが、そのままストーリーの本筋をなしているのである。

亡国の佳人たち

散士は、ではこの小説でなにゆえに「亡国」の「佳人」たちへかくのごとき同情と共感を寄せているのか。というとそれは、散士自身が会津藩士として、維新の際に「亡国」の悲哀を味わっていたからにほかならない。たとえば、『佳人之奇遇』「初編」における「自序」で、のっけから散士はいう。「散士幼ニシテ戊辰ノ変乱ニ遭逢シ　全家陸沈沌流離　其後或ハ東西ニ飄流シ」と。さらにかれは、そのころの会津の惨状を同書第二巻に描いて悲憤の一端をこう洩らしてもいる。すなわち、幕末の政争に敗れた会津藩は、結局のところ哀願の道も絶え、愁訴の願いもかなわず、

錦旗東征大軍我境ヲ圧シス、時ニ一二凶奸ノ輩アリ、我家財ヲ掠メ我婦女ヲ残シ、降人ヲ屠戮シテ殆王師民ヲ吊スルノ意ヲ失フガ如シ　是ニ於テ我君臣以ラク此一二雄藩ノ陽ニ幼主ヲ擁シテ陰ニ私怨ヲ報ズルノミト……何ゾ之嗟カンヤ、唯〃酸鼻心ヲ刺シ目ミルニ忍ビズ耳キク堪エザルモノハ　婦女ノ操烈国家ト共ニ亡ブル者挙ゲテ数フ可カラザルナリ、今ニシテ懐ヘバ茫トシテ夢ノ如ク惚トシテ幻ノ若ク覚ヘズ涙下ルナリト

つまりこういうことだ。東海散士すなわち柴四朗の、したがって柴五郎の故郷会津におけるこの「亡国」の悲憤が全巻を貫き、自由と独立ひいては民権と国権とを求める「熱情」が全編にみなぎっている。そしてそこに、この書が当時の読書人をとらえた強烈な魅力のポイントがあったということだ。とりわけ、民権思想に熱狂し、それに劣らず条約改正の問題に痛切な関心を抱いていたこの時代の知識青年たちは、この小説で専制政府や西洋の大国の横暴にたいして抱いていた反感が世界のさまざまな有志によって頒たれていることを痛切に看取したのである。

実際、この政治小説が、明治初期の読者人に熱狂的に迎えられたことは、たとえば後年徳富蘆花が、「其頃佳人之奇遇と云ふ小説が出て、文字を読む者は皆読んだ」と書き、編中の漢詩が書生たちのあいだでさかんに吟唱された有様の熱気をヴィヴィッドに描いていることからみてとれよう（『黒い眼と茶色の目』）。あるいはまた、この小説が、そのタイヘンな人気ゆえに作者の当初のプランを超えて次からつぎと続編が書きつがれ、やがて一種の海外もの大河ロマンとでもいうべき大作へと発展していったことでも察せられるだろう。

ではそのことを示唆する『佳人之奇遇』の刊行年をみておこう。なお、本作の版元は以下全巻原田博文堂となっている。

初編（一～二巻）　　明治十八年十月

貳編（三～四巻）　明治十九年一月
三編（五～六巻）　明治十九年八月
四編（七巻）　明治二十年十二月
同編（八巻）　明治二十一年三月
五編（九～十巻）　明治二十四年十一月
六編（十一～十二巻）　明治三十年七月
七編（十三～十四巻）　明治三十年九月
八編（十五～十六巻）　明治三十六年十一月

みてのとおり「初編」出版は明治十八（一八八五）年（「初編」初出は「木版」だったという）、最終「八編」は同三十六年だ。しかも「五編」までの前半と「六編」から「八編」までの後半までに六年ほど刊行の中断期間がある。つまり『佳人之奇遇』は、これだけの長年月をかけた一種の大河小説であって、それだけにこの間に作者のキャリアはもとより、その政治思想も漸次変化していくこと。したがって作品の内容や趣向にもそれなりに転変があることはだれしも容易に想像がつくところだろう。

東海散士の人生行路

そこでつぎに、『佳人之奇遇』の内容とも大いに関わりのある作者の人生行路をあらためて一瞥してみよう。

東海散士の伝記的生涯は、上記の現代小説も含め、これまで柳田泉、平泉澄、さらには近年も大沼敏男の詳細な研究などがあって詳しく知られている。またこの点では、散士の弟柴五郎の遺書をまとめた石光真人編著『ある明治人の記録　会津人柴五郎の遺書』も外せないところだろう（そういえば、わたしの寄稿しているオピニオン雑誌『表現者』顧問の西部邁と評論家の佐高信との対談本『快著快読』（光文社、二〇一二年）がこの書を取りあげていて、その帯惹句にいわく「鬼の西部を泣かせた本」とあるではないか！）。

これらによると、東海散士こと柴四朗は、嘉永五（一八五二）年、会津藩士柴佐多蔵、母ふじの四男として現在の千葉県にあたる安房の国富津で生まれている。なにゆえに安房だったかといえば、この年父が当地へ江戸湾警備のための会津陣屋へ出張していたからとか。子沢山の一家で、男子五人女子六人という総計十一人の兄弟姉妹だった（くり返すが、四朗のすぐ下の弟が五郎）。長じて藩校日新館に学ぶ。文才ははやくから発揮していたというが、その生涯でちょっと見逃せないのはこのころから壮年期に至るまでずっと病弱の体質だったことだろう。

藩主松平容保がかの京都守護職につくと、父と長兄太一郎に従って京へ上り、慶応四年、十六歳で鳥羽伏見の戦いで幕府軍へ参加の初陣となる。この戦いに敗れて帰藩後、ほどなくして明治新政府軍すなわち薩長の会津討伐となり、四朗も白虎隊へ参加。ところが生来の病弱のため、結局かれは最後の戦闘に加われずに生き残る。弟五郎共ども、これがかれの生涯の負い目となったとはつとに指摘されるところである。というのも、会津戦争において柴家では、祖母、母をはじめ六人の女性たちが、籠城の足手まといを懸念して、ひとりを除いて全員自害。しかるに参戦の男性陣は、日光方面で戦死の次男以外、結局のところ全員生き残ったからだ。

ちなみに、このおり九歳だった弟の五郎も、柴家の血を絶やさないという母ふじの配慮で山へ栗拾いにだされたことから無事だった。ちなみにまた、会津戦争の敗北直後、自宅の焼け跡へ忍び込んで、泣きながら遺骨をひろい集めにゆき、ために錯乱したという五郎の心中はさきの『ある明治人の記録』に詳述されている。すなわち、これがかれの胸中に異常なトラウマとなって残り、薩長への深甚かつ複雑なうらみとなって、最期まで沈潜していくのである。たとえば五郎は、明治十一年の大久保利通暗殺の報を耳にしたとき、大久保は会津蹂躪の元凶のひとりであり、その非業の死も当然の帰結だろうとして「断じて喜べり」とまで記しているようにだ。

あるいはまた、先述のとおりかれは、後年帝国陸軍の軍人コースを歩み、いわゆる「賊軍」の出自にもかかわらず、大将まで昇りつめるわけだが、老齢退役後までこんなおもいを吐露している。すなわち、「時移りて薩長の狼藉者も、いまは苔むす墓石のもとに眠りてすでに久し、恨みても甲斐なき繰言なれど、ああ、いまは恨むにあらず、怒るにあらず、ただ口惜しきことかぎりなく、心を悟道に託すこと能わざるなり」。

しかもかれは、さきの大戦の敗戦後その責を負うかのごとき趣で自決。これがまたいまもある種不可解な「謎」とされていることも広く知られている。

それはさておき、本題の散士こと四朗の足跡へ戻ると、白虎隊の悲劇のあと捕虜となったかれは、他の会津藩士とともに一端猪苗代の、ついで東京音羽の収容所へ収監される。その後会津藩が下北半島斗南へ領地を与えられたのに応じて、津軽に赴くことになる。明治二年のそのころ、四朗は会津藩の海外移民政策にのっとった渡航メンバーに選出されるも、これまた病弱のために不可となってしまう。そこでかれは、旧藩設立の英語学校へ通ったあとに上京。のちに櫻鳴社を結成して立憲改進党へ参加する沼間守一の塾でフランス語を勉強し、以後数年のあいだ斗南界隈のいくつかの新しい学校を転々として、この時代における多くの「賊軍」の遺臣同様の辛酸を嘗めている。

明治七年、再び上京。翌年、しばらく同居の兄太一郎の縁故で、横浜の税関長長谷川謙太郎の書生となり、これでようやく腰をすえて勉学に精励できたという。そうしたところに西南戦争が勃発し、かれは兄太一郎や他の会津藩士とともに例の病弱の身体をおして、かれらがいうところの「芋征伐」に参加する。そしてこの「征伐」参戦が契機となって谷干城の知遇を得、この谷のつてで岩崎家の出資により、少年のおりにかなわなかった海外渡航の夢が実現する。ときに明治十二年、四朗二十七歳だった。

留学の地アメリカでは、まずサンフランシスコでビジネス・カレッジへ通い、翌年暮れに卒業。さらにハーバードとペンシルヴァニアの大学へ進んで、明治十七年十二月、三十三歳でペンシルヴァニア大学のフートン・スクールから経済学（財政学士＝Bachelor Of Finance）の学位を取得する。

そして、明治十八年早々に帰国。したがってそのころ日本がいわゆる鹿鳴館政策による欧化主義の風潮下にあったことはいうまでもない。かくて四朗は、在米中から西欧列強の東洋侵略の危険に警鐘を鳴らす憂国の書として草稿をなしていたという一篇の創作を世に問うことになる。こうして出現したのが、矢野龍渓の『経国美談』につぐ政治小説ジャンルの傑作としてたちまち江湖の大評判を博す『佳人之奇遇』だったというわけだ。

ところで、アメリカで経済学を修めてきた散士が、帰朝後『佳人之奇遇』で彗星のごとく小説家としてデビューしたのが、明治十八年十月。その第一巻には、右の谷干城の「序」が掲載されているが、散士はその谷がわが国初の内閣へ農商務大臣として入閣すると、かれの秘書となり、以後谷の洋行に随行。やがて本人も政界へ進出し、明治二十五年には、会津選出の代議士となっている。さらに日清戦争時には朝鮮の閔妃事件に関与の疑いで下獄したりと、かなりドラマ的な有為転変がある。そしてこうした散士の身辺の変化が、実はそのまま『佳人之奇遇』に反映されているのである。

孤独な作品

どういうことかといえば、この大作を途切れなく読みついでいくと前半がえらく講談的・文学的なロマン小説になっているのに比して、後半になるとその妙味がほとんど半減するのである（むろんだからつまらないということではない）。というか、あらかじめわたしの鑑識をのべておくと、途中からあきらかに政治論説ふうの趣となってきて、それぞれが異なる感興・趣向に彩られているようにおもわれてならないということである。

すなわち、『佳人之奇遇』全八編のうち四編あたりまでは、アメリカ在住の明治日本の理知的な青年有志といわゆる紅毛碧眼の美女たちとの交歓がある。つまり、そのころの日本人にとっては夢のような外国を舞台にしたある種ロマンチックな政治談議がある。ところが五編あたりからは、西洋や西アフリカ、トルコ、あるいはアジアにおける朝鮮のような小国の「亡国」史のごとき色調に覆われてきて、作者である散士その人の顔がもろに現れてくる。つまり、かれの学んだこと、あるいはかれのキャリアにおける洋行や下獄で体験したことが表出され、いかにもこのジャンルの小説らしい政治演説的なイデオロギーばかり全面に打ちだされているのだ。

また、そのことに関連して、そもそもこの長編政治小説は一篇の完成作品かという問題もある。というより、わたしのみるところこの小説は、トータルの一作品としての結構からみれば、あきらかに構成上の統一感に欠けた未完のものとしかいいようがない。と同時にわたしは、それにもかかわらず『佳人之奇遇』にはすべてにそんなことを吹っ飛ばすようなひとつの「熱情」があふれているともおもう。それだからだろう、たとえば戦後も活躍の作家小島政二郎もこういっているではないか。「私は読後作者の鬱屈した熱情を満身に浴びた思ひがした。それは飽く事疲れる事を知らぬ熱情だ」（『明治小説史』）。以下、散士におけるその「熱情」をみておかなければならない。

公刊たちまち江湖の大評判を博したという散士こと柴四郎の政治小説『佳人之奇遇』。その初編（第一～二巻）出版は、近代文学の幕開けを告げる坪内逍遥の『小説神髄』の出た明治十八年で、世は皮相な欧化主義に彩られているいわゆる鹿鳴館時代真っ盛りのころだった。

既記のとおり、そもそも『佳人之奇遇』は、作者散士の明治十二年から足かけ六年あまりのアメリカ留学中、西欧列強の東洋侵略の危険に警鐘を鳴らす憂国の書として準備をなしていた作品だった。すなわち、その初編冒頭に掲げられた作者の「自序」によれば、滞米中の余暇に書きつらねていた「漫録」を「本邦今世ノ文ニ倣イ之ヲ収録削正」してできあがったもの。つまり、草稿へ往時に流布のわが国のトレンディ文学も参照のうえ、あえて旧式漢文調のロマンチックな政治小説にしあげたものだったという。

ところで、政治小説ジャンルの代表作のひとつにして傑作とされるこの大作は、当初からそもそもこれを「小説」といってよいものかどうかといった指摘がなされている。たとえば、のちに政治家となり早大総長をつとめた文芸批評家半峯居士すなわち高田早苗が、「佳人之奇遇批評」においいて、この作品は「小説にして小説ならずエピックにしてエピックならず一種特別妙不思議の代物なり」と評しているように（ちなみに、「エピック」とは通常叙事詩を意味するが、ここで高田の「エピック」というのは「詩体の小説ともいふ可きものにして話説を詩に作れるものなり」ということなんだとか）。

あるいはまた、後年の中村光夫もいう。『佳人之奇遇』は、明治の日本という特殊な環境の生んだ特異なロマン派文学といえるものだったが、これほど純一な熱情で多彩に表現した小説は、その後のわが国の近代文学にはいっさい出現していない。すなわち、「作者の東海散士がいずれの政党にも属さず孤立した存在であったように、『佳人之奇遇』も我国の文学史上後継を持たぬ孤独な作品」だったのだと（中村光夫『明治文学史』一九六五年）。

いかにもだろう。妙な比例になるかもしれないが、この点についてかねてわたしは、今日における司馬遼太郎の歴史物語も――『佳人之奇遇』のような「孤独な作品」でこそなかったにしても――ある意味でそうした「後継を持たぬ」ほとんど唯一といってよい独特な叙述スタイルをもつ文学ではなかったかと考えている（これは、散士同様、いまに至るまでかれの作風を想わせる小説家がただのひとりも出現していないことが示唆的だろう）。

歴史的事実の叙述

『佳人之奇遇』は、ではそのいったいどこが「一種特別妙不思議」なほど特異なのか。というとそのひとつは、たとえば物語の眼目が世界各国における国家興亡の歴史的事実の記録となっているところだろう。すなわちこれは、散士が作中に登場する「佳人」たちの聞き役になって叙述されるスペインやアイルランド、エジプトといった幾多の国々の歴史であり、しかもこれがいずれも大国の蚕食にあえぐ小国の苦境となっているところである。そしてこの眼目それ自体が、この作品をして海外事情の啓蒙書、あるいはきびしい国際環境のもとにある現状に顔をそむけるごとき明治当該時における日本への警醒の書たらしめたというわけだ。

では、ここでその一端を紹介しておこう。以下、「初編」において物語の主人公散士が、フィラデルフィアの独立閣でタイトルどおりの「奇遇」によって邂逅した美しい「佳人」紅蓮にきかされるアイルランド史の部分である。ちなみに、そのまえにわたしは、アイルランドといわれても現今ワールドワイドに人気のチーフタンズのケルト・ポップ音楽くらいしかおもい浮かばないんで、手元にある平凡社ポケット版『世界史事典』で同国独立運動（アイルランド自治問題）の項目をチェックしてみた。そうしたところ、そこにはこう記されている。

アイルランド島は12世紀以来イングランドに征服され、清教徒革命中クロンウエルの遠征によって土地を没収され、イングランド人の不在地主によって収奪された。宗教上・政治上の差別も加わったため、17~18世紀にしばしば反乱が起こり、その度に激しい弾圧を受けた。一八〇〇年、イギリス王国に併合され、29年カトリック解放令が出たが、小作権の安定と地代の軽滅を望む土地問題と、アイルランド人による自治要求の二つが、19世紀後半のイギリス政治の焦点となった。

『佳人之奇遇』「初編」は、実はほぼこのとおりの歴史がより綿密に描かれている。つまり、紅蓮はまず、右のイギリスによるアイルランド併合のあたりから語りはじめ、「英蘇」すなわちイングランドとスコットランドがともに「我国ノ繁盛ヲ妬ミ我富強ヲ忌ミ苛法虐制イタラサル所ナク我工業ヲ窘メ我製造ヲ貶メ我貿易ヲ害シ我結会ヲ防ケ我教法ノ自由ヲ奪ヒ我出版ノ自由ヲ禁ゼリ」と、アイルランドにおけるプロテスタンティズム強制の宗教弾圧の様相がのべられている。加えてこれにより「良民の田畝」を掠奪した「地主（多ク英ノ貴族）」は「苛徴ヲ努メ」て、やがて「今ヲ距ルコト僅ニ数十載愛蘭ノ志士奮テ英政立法ノ羈絆ヲ脱シ独立保護ノ制作ヲ施行セシニ当テヤ工業振起シ士風再ヒ盛ニ四海中興ノ美群生来蘇ノ望ヲ懐ケリ」と、十八世紀末のアイルランド人の切実な願望が語られている。そして「再ヒ英国ノ虐制ニ窘メラレ国権憲法ノ自由ヲ殺カレ」て、ついに合併に至り、これによるアイルランド経済の疲弊が痛嘆されている。そしてさらに「我民其弊ニ耐エス餓死スル者八十万ヲ超ユルニ至レリ」となって、アイルランドの有名な大飢饉が、イギリスの苛酷な植民地政策によるものであると説かれ、しかも「怪哉対岸ノ英民傍観救ハサルノミナラス却テ欣然喜色ヲ顕シテ曰ク愛国ノ窮厄ハ人民過多ノ致ス所ナリ禍災荐ニ至リ生民死亡相続キ然ル後以テ富強ヲ謀ルヘシ」と、代々の「英人」の冷酷ぶりが暴かれ、また、以後のアイルランドの貧困による同国人移民の激増が、マルサス流の人口理論でアイルランドの貧困が説明され、これはまさにこの「邪説」にまどわされたためだと指摘されている。

かくてこうしたアイルランドの現状から、当時の国際社会において「英人」がどんなに「暴戻暴虐」であり、それにかの国の自由貿易政策がどんなに「誣説邪言」の論かということが叫ばれ、紅蓮がかく痛嘆するのである。

蓋シ英人ノ外交政略タル談笑ノ間ニ剣ヲ含ミ杯酒ノ中ニ鴆ヲ灑キ狼レルコト山羊ノ如ク貪ルコト豺狼ノ如シ　親シム可カラサルナリ　若シ一タビ彼四海兄弟自由交通ノ甘言ニ欺カレ彼ト自由貿易シ彼干渉ヲ招クトキハ其邦国（土耳其、印度、埃及、諸邦）ハ漸次ニ生歯減シ国力疲レ国ノ独立ノ名称アルモ独立ノ実力ヲ欠キ年年歳歳貿易鈞ヲ失ヒ金宝ヲ輸出スル　名ハ入質ニ非スト雖モ実ハ国民ノ膏血ヲ絞テ英国ニ貢スルニ異ナラサルナリ　然ルニ世ニ空理ニ迷ヒ英人ノ術中ニ陥テ之ヲ暁ラサル者少カラズ　真ニ浩歎ニ堪ヘサルナリ　誰カ謂フ　英皇ハ仁慈愛ナリト　今英女皇ノ即位以来英領印度人民ノ飢死セル者五百万

みてのとおり、ここでアイルランド独立を希求する「佳人」紅蓮が開陳のアイルランド論は、ほとんどが経済問題であり、そのポイントはアイルランドがイギリスの自由貿易政策のために貧困にあえいできたという惨状にある。散士はつまり、かれがアメリカ留学中に閲読のそのころわが国ではきわ

めて入手困難な英書をもとにアイルランドの悲劇的な歴史をほとんど正確に描いており、またそれを漢文調の文体をもって小説化。そして作中自由貿易論そのものを批判し、日本の当時における対外政策につき西欧列強の脅威に警鐘を鳴らし、保護貿易政策を主張していたのである（以上、上野格「東海散士（柴四朗）の蔵書――明治初期経済学導入史の一駒」『成城大学経済研究』一九七六年）。

むろんアイルランド史ばかりではない。『佳人之奇遇』には、さらにアイルランド同様の幾多の国家の治乱興亡の記述がある。しかもそれは、すべて大国の圧政下にある小国の歴史であり、どれもおよそそれらの「遺臣」たる「佳人」の口から語られる構成となっている。したがってこれが、先に言及の散士自身の境涯へそのまま重なってくるのもいうまでもない。つまり、たとえば「初編」において、アイルランドの「遺臣」紅蓮といまひとりスペインの「佳人」幽蘭の母国に関する悲憤を聞いた散士は、おのれもまた会津落城の悲劇を想起し、現在の日本の危機をおもって、ほとんど烈女紅蓮の姿で自らの袖を濡らしているのである。すなわち、かれはいう。「散士ノ涙ヲ以テ婦女ノ泣ヲナスト怪シム事勿レ。散士モ亦亡国ノ遺臣、弾雨砲煙ノ間ニ起臥シ生ヲ孤城重囲ノ中ニ偸ミ、国破レ家壊レ窮厄万状辛酸ヲ嘗メ尽ス」

そうしてかれの回想は、やがて現時のノンシャランな日本国を憂える慷慨によってこう結ばれることになる。すなわち、「然リト雖モ今日ノ城中ヲ見ルニ、我国ノ士人志遠大ナラズ、多クハ小成ニ安ジテ歌舞遊蕩囲碁抹茶ニ耽リ、書画骨董ニ玩ビ、以テ一日ノ富貴ヲ偸ミ、唯〻一二州人ノ歓心ヲ得ルヲ努メ、私欲ノ為ニ公道ヲ忘レ、情義ノ為メニ庸人ニ任ズ」

そこにはまた、「佳人」たちとのプラトニックな恋愛感情もそこはかとなく漂ってもいる。しかもその仄かな恋模様においてさえ、一国独立への献身がお互いを結びつける炎の火種とされているのである。

『佳人之奇遇』の弱点

したがってこの作品における近代文学の理念からみた未熟さはだれしも容易にみてとれるだろう。なにしろ、作者本人からしてその「自序」で、「皇天ノ慈愛ナル、猶オ且ツ万人所望ヲ満タス事能ワズ。何ゾ独リ散士ノ佳人之奇遇ニ疑ワンヤ」といっているごとく、「奇遇」といえばあまりに「奇遇」の連続といってよい構成上の欠陥、全体における過剰なファンタジー性、当時にあってさえチト旧くさい漢文調の文体など、さまざまな弱点に覆われているのだ。

そのことで、さきに採りあげた矢野龍渓の『経国美談』につき、明治のジャーナリスト徳富蘇峰が、少年のころ一読していたく感心していたとは既記のところ。その蘇峰、実は明治二十年代初頭、自らの雑誌『国民之友』を創刊してまもないころ、時代のニューモードだった政治小説一般についてやけに詳しく論じている。

つまり、『国民之友』初出にして（明治二十年七月）、近代文学畑の研究者の間でしばしば引かれるその「近来流行の政治小説を評す」で、かれは社会の各領域の急激な変化成長に比し、わが文学界における小説全般の進歩は未だしといった議論を展開し、タイトルどおりちょうどそのころ流行の政治小説へある意味もっともな不満を並べ立てている。たとえば、蘇峰はまず、「今日の文学世界に於て、驚く可きは、小説の流行なり」とのべ、往時一般に小説が広く読まれるようになってきたことそれ自体に刮目しつつ、「特に驚く可きは、面白からざる小説の流行是れなり」という。そこで、どんなものがおもしろくないのかということで、政治小説がまさにそうだろうとつぎの五カ条の要因をあげている。

（第一）体裁の不体裁
（第二）脚色は有れどもなきが如し
（第三）意匠の変化少なし
（第四）画いて穿たず
（第五）俗物の共進会

すなわち、第一の体裁の不体裁とは、政治小説にはそもそも小説のかたちをなしていないものが多い。つまりこのジャンルの作品は、およそ登場人物がなんの脈絡もなくひたすら「政談演説」をやっているようなものばかりで、文字どおり小説として「不体裁」なんだというのである。

第二の脚色は有れどもなきが如しとは、小説のプロットというのはその筋立てが不自然であってはならない。しかるに多くの政治小説は、当時にいう「寒貧書生」が金満女性と結婚し、おかげで政治に奔走しているといった類いの「夢物語」みたいなものが多く、「脚色」はあってもそこにほとんどリアリティがない。

第三の意匠の変化少なしとは、小説の醍醐味というのは、いわば山あり、川あり、花あり、月あり、英雄あり、盗賊あり、悪人あり、虎も狼も神も幽霊もあり、無尽蔵の変化すなわち作中の「意匠」を味わうところにある。ところが政治小説には、この「意匠」がほとんどみられず、あっても型どおりのワンパターンばかりではないかというわけだ。

第四の画いて穿たずとは、政治小説では人物の描写はあってもその「心に思ふて口に出す能はさるもの」つまりかれらの本心なり内面真理がゼンゼン描けていない。政治の「内幕」や「楽屋」の情景がまったく空想的であって、表面的でしかないのである。

第五の俗物の共進会とは、政治を論じる主人公がおしなべて「俗物」の粋を凝集したような徒輩ばかりで、たとえばサタンとも交るごときリアルな政治家がまったく出てこない。というよりこの分野の人物造形は、いわば政界の「丹次郎」(江戸末期、為永春水の描いた絵に描いたような色男)で終始していて、これでは話にならない(ただし以上の批評文には、たとえば柳田泉「政治小説一般」のいう、いまだ言論統制も厳しく、政治小説作家の筆の不自由だった明治前半期の文学情況を考慮していないとする批判もある)。

さて、蘇峰のこうした政治小説論をみておいたのはほかでもない。これらの批評には、散士の

『佳人之奇遇』にも多々符号するところがあるとおもわれるからだ。しかしその一方で、それにもかかわらずわたしは、『佳人之奇遇』にはいまでも一読巻を措く能わざらしめるほどの面白さをそれに感得する読書人がそれなりにいるのではかいかともおもう。また、それだから小島政二郎もかくいうのであるとも。すなわち、かれはこの小説を読後、

作者の鬱屈した熱情を満身に浴びた思いがした。それは飽く事疲れる事を知らぬ熱情だ。明るい喜びの熱情ではない。鬱屈した悲劇的熱情だ。独立国を亡ぼす者に対する怒りと憎しみの中に迸り出ている熱情だ。苦境、逆境に敢然として戦う忍苦の生活となって現れている熱情だ。不義を憎み、正義を愛する精神となって襲って来る熱情だ。

しかもまた「この熱情は、或いは単純、単調の誹りを免れないかも知れない。併し贋物では決してない。本物である。純粋である」（中村光夫『明治小説史』）。

国士の熱情

これまたいかにもだろう。わたしは、近代文学プロパーのアカデミズムにおける評価がどうであれ、ほとんど小説の体をなしていないとさえいえるほど独特の作風によるこの政治小説の醸しだす

感動に匹敵するものは、今日いっさいどこにもみられないとさえおもう。そして、その強烈なインパクトの根源をなすものこそ、「飽く事疲れる事を知らぬ熱情」に溢れた明治の精神そのものではないのか。また、その内容を当時の政治情勢との関連でいえば、「圧制」をもっぱらとする列強への悲憤慷慨の主張に結晶した政治への迸るような夢想であったといえるのではないかとおもう。

つまり、政治は当時における文学青年ならぬ書生一般の情熱を賭けるに値する唯一の対象であり、その中心にあったものが、しばしば指摘される民権と裏腹にあった国権確立の政治的主張にほかならなかったのではないかということだ。そのことを、たとえば橋川文三がこんなふうに的確に評している。「民権運動もしくはナショナリズムと明治文学の関連を見るとき、もっとも興味深い作品の一つとして東海散士の『佳人之奇遇』をあげることができよう。『同時代の青年の憧れをこれほど純一な慕情で多彩に表現した小説は、その後も我国の近代文学には現れなかった』という中村光夫の評語に見られるように、それは当時の知識青年層の政治意識に、ほとんどロマンティクというべき昂揚をもたらしたものであった」(「明治のナショナリズムと文学」『国文学：解釈と鑑賞』一八六号、一九六〇年)。

ところで、橋川のいう「ロマンティクというべき昂揚」に関連して、冒頭に言及の『佳人之奇遇』と同年に出た坪内逍遥の『小説神髄』は、「時代小説」と「正史」ひいては小説家と歴史家との違いを論じて、こんなことをいっている。すなわち、「小説家は多少妄誕なる事を嗜む者なり、故に事実を叙するに臨みて、只ありのまゝに其事実をば記載し去るに忍びぬ由あり。識らず知らず幾分かの文飾を加えて、其事実をしも誤る事あり」で、これが小説家と歴史家の異るところの第一であると。ただし逍遥によれば、「文飾」は歴史家も往々にして用いる。しかし、英国の歴史家マコーレーの「正史」とやはり同国の小説家ウォルター・スコットの「時代小説」を比較してみれば、それぞれの作品には明確な違いがあることもみてとれよう。そこでこの「差別」を生じるゆえんは、単に「文飾」の多さや事実一辺倒のところにあるわけではないと逍遥はいう。すなわち、

小説の正史に異なる所以は、如意に脱漏を補ひ得る事と親昵を擅にする事にあるなり。脱漏とは、作者が小説中の人物（正史中にも在る人物なり）の言行を叙するに、極めて精純周密にして、読者をして作者と小説中の人物と朝々暮々親昵するの感あらしむるをいふなり。正史家の事を叙するや、一事件毎に其由つて来る所なかるべからず。而して小説家に於いては大いに之と異なり、実際に於いては決して成し得がたき人心の解剖をも自在になし、あるひは猥りに出入りするを許されざる上層の深閨にも闖入して其上層の挙動を説き、あるひは門戸の開かざると襖障子の内外を論ぜず其景況を写し出す。

むろん小説にこうした叙述の自由が大なることはいうまでもない。逍遥によれば、だからそれよりも重要な「小説と正史との最も重大なる差別といふは、脱漏を補ふといふ事に外ならざるべし」であって、さらにいえば「時代物語の目的」は、「正史」の描かないその「脱漏」たる「風俗史の遺漏を補ふと、正史の欠漏を補ふ」ところにあるというのである。とするなら『佳人之奇遇』にお

ける「ロマンティクといふべき昂揚」をもたらしてくれるものは、逍遥のいう「正史」の「遺漏」なり「脱漏」の補塡にあるのか。

おもうにその解答の一端は、すでにちらと紹介の柳田泉の所論が代弁してくれるだろう。たとえば、柳田によれば『佳人之奇遇』全八篇は、その小説的構想をべつにして、およそ世界近世の亡国史の趣があり、西洋強国の小国侵略史といってもよい。そして

それ等歴史の目ざすところは、単なる弱肉強食、乃至小国滅亡の惨憺たる事の跡を指示するのみではない、すべてが当時世界化西洋化が進行中の日本への警告であった。本来は、それを直書すべきであるが、法が筆を縛しているのでそれが出来ない。そこで小説の形式を借りたものである。借りたものではあるが、何としても吐露せずにはやまれぬ国士の熱情というものがあった。その熱情が、小説的形式、文章表現を超越して、今なお読者の心をうつのである

柳田泉「『佳人之奇遇』とその作者について」

反復するようだが、東海散士の『佳人之奇遇』（そして矢野龍渓の『経国美談』）に仮構された政治小説の特質なり魅力のポイントは、まずは「正史」の「遺漏」なり「脱漏」の補塡＝政治小説の前提となる「国士の熱情」これである。すなわちまた、これは小島政二郎のいう「飽く事疲れる事を知らぬ熱情」に溢れた明治の精神のひとつにほかならない。

第八章　英雄待望

福本日南『英雄論』

明治四十四年

憂国と英雄崇拝

かねてわたしは、徳富蘇峰や三宅雪嶺、山路愛山や福本日南といった明治のヒストリアンたちの傑作というか、かれらの代表作を蒐集・愛読している。また、そのことの一端を記した著作を上梓してもいる。

で、その本『おもしろい歴史物語を読もう』（NTT出版）でも言及しているんだが、そうしたかつての日本人に広く読まれた歴史物語へ目をとおすたび、ちょくちょくおもうことがある。なにかといえば、明治のこのジャンルの著作にはどれも愛国の色調がみなぎっていること。つまり基本的にイデオロギーの違いがなく、そのほとんどに慨世憂国の情と日本人のストレートな熱血があふれかえっていることだ。そしていまひとつ、そこにいわゆる「英雄崇拝」の観念がみられることも重要なポイントとなるだろう。

たとえば、そのことでいわゆる戦国時代の「英雄」豊臣秀吉の「朝鮮征伐」、すなわち文禄・慶長の役に関する物語でおもしろいとおもえたものがいくつもある。むろんわたしのばあい共通しているのは、そのほとんどが戦前のもので、それも明治時代のいわゆる民間史学系のものが多い。たとえば、山路愛山の『豊太閤』（明治四十二年）における「征韓論」などがそのひとつ。また、そもそもこの戦役の「歴史」に興味を覚えるきっかけとなった愛山の親分、徳富蘇峰の「朝鮮役」三巻本（一九二一～二二年）もその筆頭のひとつだ。

さらにこれには、官学アカデミズム系の著作も交っているが、こちらもやはり戦前のものがほとんどだ。また、それらのなかでもっとも重厚堅実とおもえたものは、今日でもこの分野の研究で必ずといってよいほど参考文献のひとつにあげられる池内宏の『文禄慶長の役』だろう（ただしわたしが読んだのは、昭和六十二年、吉川弘文館から出たリプリント版となる）。

この書の存在を知ったのは上記、徳富蘇峰の「朝鮮役」のおかげで、かれがこれを激賞していたからだった。すなわちかれは、大正十（一九二一年）年刊行の『近世日本国民史』「豊臣氏時代丁編朝鮮役上巻」巻頭に掲げられた「朝鮮役刊行に就て」でこんなふうにいっている。近世以来「朝鮮役」に関する書籍はそれなりに数多いけれど、好著といえるのは「最近に於ては、池内宏君の『文禄慶長の役』だ」。それというのも「此れは若し完成の日に於ては、朝鮮役を主題とする歴史中、唯一と云はずんば、殆ど之に庶幾き権威ある書であらう。但だ憾むらくは其の刊行せられたるものは、正編第一の一冊に止まり、其の記事は、第一章秀吉の対外的態度より、第四章征韓遂行の事情に止まる。云はゞ朝鮮役の未だ幕明きにならぬ前口上に過ぎぬのだ。其の例言に拠れば、正・別・附の三編ありと云ふことだ。定めて

福本日南『英雄論』東亜堂、1919年

浩瀚のものであらう。吾人は唯だ其の前部の出版を、首を長くして待ち遠く思ふのみだ」。そうして蘇峰は、かさねてつぎのようにのべている。

池内君の「文禄慶長の役」は、其の正編第一冊に於て見れば、旁証博引、滴水も漏れぬと云ふ、大仕掛けの著作だ。予は之を参照して、得る所の少なくなかつたことを、改めて茲に明言する。而して若しそれが朝鮮役の全部に亙りて出で来たらば、如何に予を裨益したであらうか。予は返す返すも之を遺憾とし、唯だ其の速成を祈るのみだ。

池内宏の『文禄慶長の役』はじつは、このようにこの一文の執筆された時点ではいまだ「正編第一」(一九一四年)が上梓されていただけで、文中の「別篇第一」も蘇峰の「朝鮮役」三巻本出版後の昭和十(一九三五)年に出現したもの。しかも池内のいう「正・別・附」の三編のうちの「附」編は、結局わたしも通覧の戦後における吉川弘文館の復刻版の文字どおりの「附録」テキストの出現まで待たなければならなかったのである。さらにまた、全体の中身もじつはこれら三編を通じて慶長の役に関する項目が一切なく、蘇峰ではないが、『文禄慶長の役』という書題に偽りありの憾みなしとしないものでもある(むろんだからといって、この書の価値が減ずるわけではない)。

それでもわたしが、この池内の手堅い研究を好むのは、イヤかれに限らず、たとえば田中義成や三上参次ほかの戦前における官学系ヒストリアンの「歴史」もそれなりに面白く読めるのは、かれらのアカデミックな「実証史学」的な叙述にのみあるわけではない。わたしのばあいでいえば、たとえばそのひとつが、今日およそ批判的に言及される「朝鮮征伐」をこころみたまさしく「偉大なる英雄」としての秀吉像だろう。つまり、明治の「歴史」では、多かれ少なかれ、必ずといってよいほどうかがえる、そして戦後の歴史研究では見事なほどすっぽりと抜け落ちてしまったいわゆる英雄崇拝の歴史観である。

その一例も池内の作品からあげておこう。たとえば、同書「正編第一」における秀吉の外征動機を探究の項目で、池内はいう。「夫れ英雄は時代の寵児なり。時代を離れて彼等の意象は描かれじ。秀吉の海外征服の使命を意識したるも、必ずや其の数に漏れざらむ。蓋し近古の未造は、我が国民の精神が国家の領域を超越して其の外部に横溢しつゝありし時代なり」。したがって、約言すれば「大気者」たる「秀吉の海外征服の意思は、時代の趨勢が偉大なる征服者としての彼の頭脳を過ぎりて其の形を為したる特殊の意象に外ならず」。さらに池内は、秀吉をつぎのごとく賞してもいる。

古人孔子を賛して言ふ、孔子、孔子、大なる哉孔子、孔子以前孔子なく、孔子以後更に孔子なし、孔子、孔子大なる哉孔子と。且く孔子の二字を改むれば、即ち以て秀吉の賛となすに足る。偉なる哉秀吉、大なる哉秀吉

おもうにいま、これほどストレートに「英雄」秀吉を賛するアカデミズムの「歴史」など、日本

中どこを探してもみあたらないだろう。むろん「朝鮮役」を「偉大なる征服者」秀吉の事業として叙する物語など、いっさいみかけないこともいうまでもない。むろんまた、これは戦後われわれの目にする文禄慶長の役に関する研究のほとんどすべてが、「朝鮮征伐」ならぬ「朝鮮侵略」の物語一色に覆われているからにほかならない。

明治期の英雄史観

明治期における「朝鮮征伐」すなわち文禄・慶長の役の物語と戦後のそれには、当然ながら明瞭な違いがあるとは既記のところだ。そこでこの点を明治期特有の「英雄」史観に彩られた物語という観点から一考してみよう。それでまずは、「朝鮮征伐」の物語そのものはひとまずおいて、現代の歴史研究においておよそ否定的な目線でとらえられているとおもわれるこの「英雄」観念なり「英雄崇拝」という気風の歴史的変遷から概観しておこう。

近代日本にあって、「英雄」という観念がそれなりに大きな感化力なり影響力を有していたのは、いったいいつ頃だったろうか。というとすなわちそれが、明治期となるのはいうまでもない。そのことは、たとえば明治十年代の末期、「英雄」という言葉そのものの普及に預かって力のあったT・カーライルの『英雄及び英雄崇拝』（一八四一年、土井晩翠訳、明治三十一年）の流行現象ひとつからもみてとれよう。このテキストでは、もっぱら「社会は英雄崇拝の上に建っている」と叫ばれ、かつまた「歴史は英雄の伝記にほかならない」といった議論が展開されていて、これがすなわち時代の知識青年層へ大きな影響を及ぼしているからである。またこの点に関して、カーライルがこの本で例示している「英雄」とされる人物には、たとえばナポレオンやクロムウェルといった政治家や軍人のようないかにもの伝統的「英雄」群像はもとより、宗教家や詩人、文学者のような精神世界の人物が採りあげられていることも重要なところだろう。ちなみに、この点でカーライルの『英雄及び英雄崇拝』は、明治初年に流行した商業や工業分野の偉人も「英雄」視されているS・スマイルズの『西国立志編』（一八五九年、中村正直訳、明治四年）と親和性があった。

さらにまた、カーライルのこの著作では、ある種の「汎神論」に立脚していて、そうした「英雄」が「神的」な存在を体現する人びととして賞揚されているあたりも見過ごせないところだろう。というのも、カーライルによれば、「英雄」とは「神の霊感を受けた人」にほかならないとされていること。そしてまた、こうした「英雄」観念こそが、明治初年のいわゆる文明開化による物質主義的な精神世界のあり方に不満をいだいていた新時代の青年層にこの種の宗教的情感を育み、永遠とか神のごとき超越的世界との関連でおのれの人生を省察させる視点をもたらしているというわけで（この点に関しては、カーライルに大きな影響を受けたと公言する内村鑑三や植村正久、新渡戸稲造といった一連のキリスト者たちの存在を想起されたい）。

また、ここでもう一度強調しておきたいのは、カーライルが、たとえばシェークスピアのような文学者を重要な「英雄」像としてとらえ、かれのごとき人物の仕事を「神聖な神秘の洞察」にあると強調していたことは、わが国の伝統的な文学者や文学観に関するイメージに新鮮なインパクトを与えた点できわめて重要なところだろう。つまり文学もまた、政治や軍事と同等の、あるいはそれ以上の価値を有する「事業」なのだという認識を時代の青年層に扶植したという点で。事実、たとえばそうした意識のあらわれとして、明治二十六年、山路愛山はいっている。「文士文を作る猶英雄剣を揮ふが如し」と（「頼襄を論ず」）。したがって愛山は、つぎのような主旨で「英雄」伝を書いているのである。「余は嘗て蘇峰、三叉、呑牛、停春、蘆花の諸先輩と共に事業の中心は人なる事を信じ、英雄の伝記は即ち人間の歴史にして、而して亦其哲学なることを信じ、筆を東西の英雄伝に着けんとせり。余輩の期する所は故紙堆裏より余輩の心裏に復活し来りたる、血あり、涙ある英雄を写して現代を教えんとす」（「進め光明にまで」）

　あるいはまた、明治二十三年、かつて愛山と親交があり、それぞれの文学観をめぐって烈しい論争を応酬してもいる北村透谷もいう。「文字の英雄は兵馬の英雄と異なる所なし、四海を飲むの胆は愚か、宇宙を蓋ふの大観念をなすの力なくしては文字の英雄とはなり難し」。よって文学志望の人びとの「名誉と権威とは跼蹐《きょくせき》として少数婦人の間にも、一代衆盲の中にもなくして無限無際涯たる未来にあり。カーライルは君が確かに未来に於る英雄の第一級に位ひす可を保証せり」（「当世文学の潮模様」）。

英雄史観の衰退

さてしかしである。広く知られているとおり、こうした「英雄」観念は、じつは明治も末期に近づいてくるにつれて、しだいにその感化力と影響力に陰りがみえてくるのである。実際、このトレンドを示唆する言説はいくらでもあって、たとえば社会の制度的・機構的システムが一応の完成に近付いてくる明治後半期にいたると、かねて「英雄崇拝」の精神をだれよりも声高に唱道していたといえるさきの山路愛山からして、「社会の老化」を憂い、「機関盛んにして英雄衰ふる」などと論じていたのだった。

愛山同様、かつて率先して「平民」一人ひとりの「英雄」化を唱えていた徳富蘇峰もまた、明治四十一年、国民の当時の精神的気風の変化をずばり「英雄崇拝心の消長」という観点から、この点をつぎのように弁じている。

若し露骨に、吾人の所見を語らしめば、今日の憂の一は、国民に英雄崇拝心の消磨せんとするにあり。而して其憂の二は、英雄崇拝なるものが、漸次に堕落して、殆ど僥倖崇拝心たらんとするにあり。即ち以色列人《イスラエル》が、上帝を拝する代りに、金牛を拝するに到りたるの傾向は、今日に於て、皆無と断言する能はざるを遺憾とす。

ちなみに、明治末期におけるこうした「英雄崇拝心の消磨」というトレンドについては、通例右に言及の明治社会のシステムがいったん整備されたことと、日露戦争の勝利によるわが国の対外的独立と安全の確保の結果、あたらしい時代における青年層の関心がいわゆる天下国家のような公的領域から私的領域へと転じ、その気風や意識が「個人」の覚醒へと深化してきたことのあらわれとされていることはいうまでもないところだろう。

ところで、ここで注目しておきたいのは、かかる精神史的傾向にもかかわらず、じつは明治末期に至っても、あるいはこの時代以降も依然として「英雄」を論じたり、「英雄崇拝心」の重要性を説いた書物が氾濫していたことである（たとえば、大正二年の煙山専太郎『英雄豪傑論』や大正四年の加藤咄堂『英雄と修養』、昭和四年の白柳秀湖『親分子分　英雄編』などが、そうした著作の一例となる）。もっとも、この現象は必ずしも従来どおりの「英雄」観念横溢という流行の継続といえないこともたしかなところだろう。というのも、この時期のそうした「英雄」本の多くは、蘇峰や愛山のような明治前半期における「英雄崇拝」の熱気を帯びていた時代に成年に達した人びとによってあらためて説かれたもので、これらがダイレクトに明治末期の青年層の気風にアジャストしていたかどうかは怪しいところがあるとおもわれること。つまり、この時期以降のこうした書物の出現は、むしろ意図的にかつての「英雄」観念や「英雄崇拝心」の賞揚を喚起しなければならないほど世にそうした観念が希薄化していたからではなかったかとみることもできるからだ。

英雄たる人びと

ところでまた、話題を転じるようだが、右のごとく時期区分を問わず、明治時代を一貫してそうした「英雄」本で頻繁に採りあげられる日本の「英雄」にはどんな人物が多かったか。というと、わたしのみるところ、もっとも頻繁に例示されるその代表的人物のひとりが、太閤豊臣秀吉（および西郷隆盛）なのである。

たとえば、徳富蘇峰と同じく同志社で学んだキリスト者、浮田和民に明治二十年発表の「英雄崇拝論」という一文があるんだが、ここでかれは「嗚乎英雄出ズンバ蒼世奈何ニセン」とのべ、豊臣秀吉の一大「事業」たる朝鮮出兵を特筆して、秀吉こそは「英雄厭クコトヲ知ラザル者」の典型であると描かれているように。むろんまた、さきの山路愛山の晩年の代表作に「時代代表日本英雄伝」と題するシリーズ本があり、そのなかの『豊太閤』における「征韓役」が不世出の「英雄秀吉」の偉業とされていたことはさきに紹介したところだ。

あるいはまた、愛山の『豊太閤』出版直後といってよい明治四十四年に公刊の福本日南の『英雄論』はどうか。というのは、この「英雄」本では（もというべきだが）日本の「英雄」を代表する歴史的人物としてなによりも秀吉の人となりやその「朝鮮出兵」の「事業」が、そこかしこでくり返し強調されているからである。ということで以下、その日南の論じる秀吉「英雄」論をやや詳しくみておこう。

英雄とは何か

日南はこの『英雄論』でまず、冒頭「何をか英雄と所謂ふ」と題して、タイトルどおりそもそも「英雄」とはいったいどんな存在であるかを論じている。そしてその際、とりわけ古典古代におけるギリシアのヘラクレスのごとき「神人的英雄」とわが国における神話との比較対照をもって説明し、こんなふうに定義している。すなわち、ギリシアにおける「Ｈｅｒｏｓは、我に謂ふ所の神人即ち嘉美」の意味であって、古のギリシア人はこの「Ｈｅｒｏｓ」に関してつぎのような「篤仁」をみているとか。

第一　Ｈｅｒｏｓは男神の若くは女神の御子ならざる可からず。

第二　Ｈｅｒｏｓは半ば丶神・半ば丶人として世に見《あら》はれ、人間以上に居らざる可からず。

第三　Ｈｅｒｏｓは王若くは大戦士となり、大事業大成功を建つる者ならざる可からず。

第四　Ｈｅｒｏｓは常に神佑を受け、死後は其身其れすがら、直ちに神となる者ならざる可からず。

そしてこれは、わが神話時代の「神人」を「神」として崇敬することと十全に符号するとのべ、今日こうした「神人」すなわち「Ｈｅｒｏｓ」を「英雄」とするなら、「英雄」はつぎのように定義できるという。

第一　英雄は其天稟《てんびん》超邁ならざる可からず。
第二　英雄はその勇武絶倫ならざる可からず。
第三　英雄は其思想純正ならざる可からず。
第四　英雄は以上の資質を有し、世の為に暴を禁じ、人の　為に害を除く者ならざる可からず。

つまり、日南によれば、かくのごとく「英雄」というのは「雄偉及正義」を体現する人物であって、豪もいわゆる「梟雄」もしくは「姦雄」等の「悪念」と相容れない存在であるというわけだ。そのうえでかれは、秀吉の「英雄」たる証しとしての「朝鮮出兵」の「歴史」をつづけて叙し、まずはかれの朝鮮国王宛の書簡を引用している。で、この一文はいささか長文、かつ戦前・戦後を問わず文禄慶長の役の研究で頻繁に引かれる文献で恐縮なんだが、日南のこの漢文書き下し文には、それらと文字や句読点、文章の長短にもかなり異動もあるんで、煩を厭わず掲げておこう。

日本国関白秀吉、書を朝鮮国王閣下に奉す。雁書薫読、巻舒再三、抑ゝ本朝、六十余州たりと雖も、比年諸国分離乱争し、綱廃紀紊、朝政を聴かず。故に予は感激に勝《た》へず。三四年の間に、叛臣を伐し、賊徒を討し、異域・遠島に及ぶまで、悉く掌握に帰せり。密に事跡を揆《はか》るに、予や素《もと》鄙《ひ》陋《ろう》の小臣也。然りと雖も、予が在胎の時に当りて、慈母、日輪の懐中に入れりと夢みたり。相士曰く、日光の及ぶ所は、照臨せざる無し。壮年の日、八表、仁風を聞き、四海、威名を蒙る者、其れ何ぞ疑はんやと。此《この》奇異あるに依りて、敵を作《な》す者は自然に摧《さい》破《は》し、戦へば則ち勝たざる無く、攻むれば則ち取らざる無し。既に天下大に治まり、百姓を撫育し、孤独を憐《れん》愍《びん》す。故に民富み、財足り、土の入るもの古に萬倍せり。本朝開闢以来、朝廷の盛事、洛陽の丘観、此日の如きは莫《すくな》き也。夫れ人の世に生るゝや、長生を歴ると雖も、古来百年に満たず。鬱々として久しく此に居らんや。国家の隔てゝ山海の遠きも屑とせず、一超直ちに大明国に入り、吾朝の風俗を四百余州に易《か》へ、帝都の政化を億萬斯年に施《し》かんこと、方寸の中に在り。貴国先驅して明に入るは、遠慮あるに依りて、近憂なきもの乎。遠邦・小島の海中に在る者、後れて進む者は、許容を作す可べからざる也。予、大明に入るの日、将士軍営に臨まば、則ち彌ゝ隣盟を修む可き也。予の願ひ他なし。只佳名を三国に顕はさんのみ。方物目録の如く領納す。珍重保嗇。

天正十八年仲冬日　日本国関白秀吉

さて、日南のみるこの書簡のポイントは、日本において「日吉」といわれ、自ら「日輪」すなわち太陽の子とも称した秀吉はまさしく「神の権化」というべき「神人的英雄」であって、かつまたそうした「英雄」における「一大事業」こそ「征韓・討明」を企図した大陸遠征「事業」だったというところにある。

征韓論

では、日南がこの書簡につづいて詳細に記しているこの「征韓・討明」の「歴史」もざっと跡付けてみよう。それによると、そもそも秀吉は関白に任じられた天正十三（一五八五）年、「西教師ガスパル・グロ」がはじめて関白に謁見したおり、かれに向かって「我、海内を平定せば、直ちに兵を大陸支那に用ゐ、収めて以て帝国に入れん」と告げたとか。そしてその五年後の天正十八年、いよいよこの壮大な「遠征事業」に着手。その際の秀吉の「志望」を評し、日南はかく記している。すなわち、当時の「西教師等云えり、太閤の志は世界征服に在りと。然り、寔に世界征服に在りたるならん」。ただ、当時秀吉の脳裡へ明白に現映の世界は、近隣の大陸と南洋の諸島であって、インド以西の欧州を知らぬではなかったけれど、いまだその正確な知識がなかったのである。よって後世からこれを「指議」すべきことではないけれど、しかしながら、西戎の来寇は、屢載せて前史に在りて、本朝には神功皇后の征韓ありしのみ。我未だ兵を赤懸に輝かせし者あるを聴かず。是れ我の居常帝国の為に遺憾としたる所なりと。又此以前、朝鮮に書を与ふれば、則ち曰く、一超え直ちに大明国に入り、吾朝の風俗を四百余州に易へ、帝都の政化を億万年に施かんこと、方寸の中に在りと。則ち是れ極東一帯の分野を掩ひて、之を大日本帝国の版図に収め、帝国の名誉と利益とを永く後世に保留せんと欲せしなり。其志業たる、拿破崙一世の理想にこそ一歩を譲れ。由来東海の帝国以外には、尺心寸思も馳するを得ざりし日本人中より、斯かる大志を発したる、豈真の英雄に非ずや。

つまり、この「英雄」秀吉の胸中における「壮図雄略」というのは、換言すれば「日・明・韓を一と為し、車駕を奉じて、燕京に徙し、其地を以て八隅知吾大君の大宮所とし、遠く皇祖の垂範に則り、六合を兼ねて、都を開き、八紘を掩ひて、宇と為すに在り」であって、要するに「天皇を仰ぎて、世界の大君主とし奉らんとしたる跡、歴々として徴証す可きに非ずや。太閤真の英雄たる、是に於て乎益〃見はる」というのだ。

日南によれば、したがって秀吉の「大志」と「忠誠」はいうまでもないところであるとして、結局のところ戦略が当を得ず、将師に人がなく、外交もまた「議宣」を誤ったことからこの「大陸遠征」の「事業」は失敗に終わったにしても、その「雄大崇高の理想」ゆえにこの「英雄」の「英風」は百世をへたいまなお「欽慕」してやまぬと結語するのである。

あらためての言及となるけれど、かくのごとくストレートにして率直明快に「英雄」秀吉における「朝鮮征伐」の物語を叙する明治のヒストリアンは、ひとり福本日南だけではない。またこれは、在野民間と官学アカデミズムの物語を問わず、またそこにそれなりの濃淡・強弱こそあれ、明治というより戦前においてまったく通貫している。つまり、こうした類いの「英雄」史観こそが、今日これまたまったく消滅しているところであり、抹殺されたところなのである。

第九章　明治精神の終焉

徳富蘇峰の不安

明治二〇年代より論壇の第一線にありつづけた近代日本を代表するジャーナリストのひとり、徳富蘇峰。かれは、日露戦争の勝利以降しだいに日本社会全般におけるいわば箍《たが》のゆるんできた状況へ危惧の念をいだくようになっている。たとえば、蘇峰によれば、明治の御代の終焉と同時に人心が動揺、国民が将来に不安を感じるようになっているとしてつぎのようにのべている。「今や内に内閣なく、外に外交なく、人心乖離、闔国不合、天下岌々乎として艱険を告ぐる」ときであると(「国民試煉の時」大正三〔一九一四〕年)。あるいは、こうも語っている。「吾人は毫も我か帝国の財政的陥欠を憂へず、唯だ精神的陥欠を之れ憂ふ」(「精神的瓦解」大正元年)。

そして、蘇峰のかかる懸念をつよくうちだしたものに、この時期におけるかれの代表作のひとつ『大正の青年と帝国の前途』がある。つまり、書題の示唆するとおりこれは、まさにわが帝国の前途のため「恰も金持三代目の若旦那に似た」大正の青年に警告を発していくことに最大の主眼があった。同書によって蘇峰は「忠君何者ぞ、愛国何者ぞ。家庭も、国家も、社会も、世界も、我が一身より見れば、一毫毛にも値せざる」ものと考えているという大正日本の青年のまえに真っ向から立ちはだかったのである。

実際、大正時代は、人びとの国家に対する求心力が弛緩し、いわゆる「大正デモクラシー」の標語に象徴される個人主義的傾向の増大した時代だったといえよう。換言するなら、明治時代の「尊皇主義と愛国主義」という精神とは対照的に、大衆運動の興隆と「個人の覚醒」こそが大正時代の基調だったのである。

　ところで、とするなら明治から大正期にいたるまで、日本はいったいどんなプロセスをへて、国家から個人への「覚醒」の時代へといいたったか。およそ対外的独立の危機意識に彩られてきた明治の青年は、いかなる経緯をへてもっぱら「我が一身」へ執着する大正の青年へと代替わりしたか。以下ではこの点に関する精神史的風景の転変につき、わたしなりのスケッチをこころみてみたい。

乃木大将の殉死

S・ウオッシュバン著、目黒真澄訳『乃木大将と日本人』講談社学術文庫、1980 年

　まず、しばしば明治という時代の終焉を象徴するとされる乃木希典のいわゆる「殉死」をとりあげ、そのことをみておこう。

　ごぞんじ、日露戦争時難攻不落といわれた二〇三高地を陥れ、奉天戦へと転戦。そのさい随所へ顕れた武士道精神と優美な詩情はむろん、明治天皇の崩御に殉じて夫人とともに自己の命を絶ったことで知られるあの乃木大将。その乃木と明治の閉幕の関連について語るものは多い。現代でいえば、軍人としての乃木の「無能」ぶりや、それと対照的なかれの存在そのものの「美しさ」を活写した司馬遼太郎もそのひとりとなるだろう。たとえば、司馬はいう。晩年の乃木には、ひとつかれをおびえさせている危機感があった。それがつまり「この国家のゆくすえ」だった。それは「日露戦争後瀰漫しはじめたあたらしい文明と思潮のなかでこの国は崩壊し去るのではないかということであり、そのことはひとにも語っていた。国民のあいだで国家意識がなくなってきたのではないか、という質問を受けたとき、かれはそれを認めるのがこわいというふうにはげしくかぶりをふった。国民は立派である、とかれはいった。ひとりひとりはきわめて立派である、と言いかえた。しかし底が抜けてしまった、とかれはいった」。そして、司馬はこう推定している。その「底とは忠君思想であろう」（司馬遼太郎『殉死』一九六七年）。

乃木における明治の精神の美質は、今日百万光年のかなたへ煙のように飛び去ったとしかといいようのない「忠君思想」ばかりではない。それがすなわち、明治人のひとりとして一貫するその所作と指針であり、簡素、峻厳、剛健の日々で終始したその生涯である。そして、その帰結としてのまさに劇的にしてほとんど中世的といえる「殉死」そのものである。

では、リアルタイムの明治人さえ驚愕したという乃木のそのときの様相はどんなものだったか。たとえば、往時徳富蘇峰のライヴァル視されていたヒストリアン三宅雪嶺はこのように記している。すなわち、明治大帝ご不例直後における乃木夫妻殉死の報は、当時の人心をして「驚愕かつ賛歌せる」ところとなった。赤坂の私宅二階の八畳間、宮城へ面した方向へ机を置き、先帝の「御影」を安奉し、辞世の歌および遺書を供えた乃木は、「正装端座し、軍刀を以て割腹し、更に頭部を右より貫いて前方に伏し、夫人は第一期の喪服を着し、大将に竝びて端坐し、白鞘の短刀にて左胸心臓部を刺して前方に伏したり」。しかしてその辞世の歌は「うつし世を神さりまし、大君のあとしたひてわれはゆくなり」というものだった。そして、乃木の「殉死」は「晴天の霹靂の如く、明治時代を閉づるに最も適当と思はれ、殆ど神秘的の出来事と取沙汰せらる」と、どこか夏目漱石の『こころ』における有名な一節をうかがわせる淡然とした一評でまとめている（三宅雪嶺『同時代史』第四巻、一九四九～五四年）。

さらに、この種の感慨が、当時の西洋人にさえ共有されていたこともよく知られているところだろう。たとえば、数多い乃木伝のなかで、わたしがもっともよく乃木の生涯とその心事を凝縮・描出しているとおもうS・ウォシュバンのテキスト『乃木大将と日本人』（原著、一九一三年）も、こんなふうに書きのこしている。すなわち、「乃木が生を重んずるのはただ、忠義と尊敬とを集中するその対象に奉仕せんがためだった。……かくのごとき理想を抱いたかくのごとき人物が、今日のこの時代に現存したことは、吾人西洋の生活に育てられたものの愕かずにはいられないことである」。それというのも、西洋にもまれに「人傑」の出現はみられるが、その影には、どこか自己中心思想の潜在することが多い。しかるに「満身ただ忠誠、個人的存在を忘却して、純理想主義に立脚する点において、近世誰あってこの日本の古武士乃木大将に匹儔することができよう」

もっとも、「大君のあとしたひてわれはゆくなり」を躬行実践したかかる「神秘的の出来事」など、今日日本人のだれひとりとしてかくのごとく想いもしなければ、むしろ前時代的でその美的精神を危ないアナクロニズとみるのがオチだろう。

くり返すがしかし、乃木の自死は、常在不断の覚悟、責任や誠忠がまったき死語となっているいま、あるいは永遠なるなにものかへ殉じる明治の精神が壊滅し去ったいまこそ、あらためて再考すべき一事ではないか。西南戦争のおり軍旗を奪われた若き日の自責を自死の理由とした遺書、伯爵家としての乃木家断絶、屋敷や書籍、御下賜品すべての寄付、さらには自己の遺骸の献体等々、ほとんど完全に遺漏なき、そして言葉の真の意味においてまったく私欲と私心なき遺言はどうか（ちなみに、わたしは司馬遼太郎の描く乃木の軍事における「無能」を惻隠し、まことに的確かつ巧みに乃木その人の事跡とスピリットをフォローした山縣有朋や児玉源太郎等の明治の群像にも、失われたあのころの精神をおもう）。

それだから徳富蘇峰もこの乃木の「殉死」を論じ、やはり右の辞世「うつし世を神さりまし〻大君のあとしたひてわれはゆくなり」を引き、大将の死にはこれ以上の解説や注釈は蛇足にすぎないとのべ、「彼等夫婦の死は、宛も　先帝大喪儀の最も荘厳、悲哀なる詠歌を合奏した」ものだと断じている（「心事分明」大正元年）。そしてその葬儀に参列した直後、これを「全く空前の葬式」だったと評し、ことに「伯爵夫人の棺か、影の形に伴ふ如く、相追うて葬場に入りしに際しては、如何なる鉄腸石肝の豪傑も、一掬の熱涙を洒ぐを禁する能はざりし也。記者の前に立ちし外国婦人の如きは、其の目睫の赤くなる迄泣きたりき。彼女は何故に泣きたる乎。人情豈に東西の相違あらむや」であって、要するに乃木大将の「新墳、豈に啻た英雄の涙痕を止むるのみあらんや。是れ全国民随涙碑也」というのである（「将軍夫妻の柩」大正元年）。

ところで、蘇峰によれば、そもそも明治天皇と乃木の「殉死」をもって幕を閉じた明治という時代の最大の課題は、「国運の隆盛と否」とにあったのではなく「一国の独立と否」とにあったとか。それが日本はやがて「国家極盛」とはいえないまでも、日露戦争の勝利によって、ようやく「世界の雄国」として認知されるにいたった。ところが、明治の御代を過ぎ去ってみれば、日本の独立を気づかうものもいなければ、世界における国家の位置について心を動かされるものもいない。それどころか大正の青年にとっては、そんなことは「尋常一様の事」にすぎず、「斯る時代に生れたればとて、別段難《ママ》有くも、香しくも感ぜざる」ところだという。

大正の青年気質

蘇峰はそこで、上述のとおり、「恰も金持三代目の若旦那に似た」そうした大正の青年を、以下五つの類型に分類し、さらに詳細にかれらの性格を分析している。そして、これがなんとも現代の青年像をおもわせるところも多く興味深いのである。

まず、第一のタイプだが、これが行状は円満で「圭角」なき「模範青年」というやつ。すなわち、かといっても一種一色ではなく、当節最初に目につくのが、これであるとか。どういう輩かというと、要するに町や村の「評判男」であって、まずは「周囲の気風を十二分に呑み込み、二十四分に之れを鼓吹」する連中である。つまり、ひと昔まえにいう「ＫＹ」が秀でていると周囲の評判をとる若者にほかならない。そして、この手のヤングとなる必要条件が、まさに「行状の円満」と「圭角なき」こと……つまり、何人にも何事にも衝突しないこと。もうひとつ、勉強のできること。そしてそのできるという「自己広告」の巧みなことである。

というと、大方結構なパターンじゃないかとなるのかもしれないが、蘇峰はこれにあきたらないという。なんとなれば「模範青年」は概して「小廉曲謹」で、しかもこの手の連中は日本をおのれのようなタイプの国にしようとする。だがそうなると、日本および日本人は「マッチ箱の如き小人島」となり「小人島民たらざる可らざる」からで、これではとても理想の青年像とはいい難いというのである。

つぎは、じつは現今にわかに増えたタイプで、ずばり「成功青年」という。すなわち、他人の迷惑に無頓着で「自利本位」の「成功熱」に麻痺している「流行患者」である。そしてこの輩には「高邁の理想あるにあらず。偉大の経綸あるにあらず。唯だ人間万事金の世の中なれば、如何様にしても、金持になりたしと云ふ一念に使役せらるゝに過ぎず」、およそこれでは「餓鬼」となり、ひとみな「餓鬼道」へ堕落する運命に陥るほかはない。よってこれは不可というよりむしろ恐れているところだと蘇峰はいう。

三番目は、明治の末期から一種の流行語として広く世間へ流布した「煩悶青年」である。これは、要するに「成功熱」に反発し、もしくは「成功」にとり残され、この世を不可として、そのくせその「不可なる世」をいかにして渡っていくかに当惑している一群であって、このタイプはいつの世も存在するという。ただ、いまの時代にはかかる「煩悶青年」をいっそう濃厚に、いっそう激甚に増やしていくトレンドがある。なぜなら、青年の心を動かすのはいつの世も「功名と恋愛」なんだが、いまやこれが、いや家庭を作ることさえ自由競争の「一件」になってしまったからであると（蘇峰はこの「煩悶青年」の類型の代表的人物として「滝壺に陥りて自殺したる徒」すなわち後段でも触れる哲学青年、藤村操を暗示している）。いずれにしても、かつてのこの青年類型の蔓延は、われわれの見知った周囲にもほとんどかならずみかけるウツや病的心性の具体像をイメージすれば、おもい半ばにすぎるではないか。

つづく「耽溺青年」のパターンもホントに多い、と蘇峰はいう。「煩悶青年」にはまだ救いの手がある。ところがこの「耽溺青年」にいたっては手のつけようがない。しかるにこの種の若い「患者」がまた、いま増殖の一途をたどっている。そもそもこれが一時の青春の血気にまかせ「肉欲の奴隷」になったというのであればまだわかるが、これがひとつの「主義」というのだから困るという。すなわちこれは「刹那主義」であって、一切を否定し、一切を無視するもの。しかもこれは、虚無主義へ一直線につながっている。したがって「忠君」も「愛国」も「家庭」も「国家」も「社会」も「世界」も、「我が一身より見れば、一毫毛にも値せざる」ものとなる。だからまた、「刹那の快楽以外、一切を度外視する」このパターンだけは如何ともしがたいというわけだ。

さてしかし、広い世間を見渡すと、現状にもっとも多いのは、じつは以上にみたような「戸籍」がまったく不分明な「無色青年」なんだとか。すなわち、かれらはときとして「成功」にも「模範」にも「煩悶」にも「耽溺」にもそまってしまう。同化もすれば雷同もする。かれらは、新聞、雑誌、小冊子、講演、遊説その他あらゆる目から入り、耳より入る学問でひととおり世間と応酬できる知識だけは持っている。ところが、これらに一貫する何ものをも持っていない。つまり、かれらは突如一人の声に和す万人となる。まるで、ただ社会の風潮や周辺の勢いに操縦される「牧羊者」にしたがう「羊の群」のようなもので、「其の日暮らしの国民」にほかならないというのである。

そして蘇峰は、いま一度、こうした青年たちに共通する点は以下のようなところにあるという。「彼等に共通する特色の一は、時代と無関係也、国家と没交渉也。而して彼等一切の青年を、統一す可き、中心信条なく、紏合す可き、中枢神系なく、協心戮力して、大活動せしむ可き、一大根本主義なきにあり」

人心の国家にたいする求心力が弛緩し、いわゆる「大正デモクラシー」の標語に象徴される個人主義的傾向の増大した大正時代の日本人。ことにもっぱら「我一身」へ執着する大正の青年は、ではいかにして、またなにゆえに醸成・出現したか。その精神史的風景をさらに詳しくみていこう。

『学問のすゝめ』と明治青年

徳富蘇峰ともそれなりの因縁があり、かれよりもひと世代まえの高名な明治の文人のひとりに福沢諭吉がいる。その福沢のこれまた有名な著作のひとつに『学問のすゝめ』（明治五年）がある。ひとまずこの本を手がかりに明治初年の時代状況を垣間見ておこう。

まず、同書の冒頭「天は人の上に人を造らず人の下に人を造らず」という一節はあまりにも有名なところだろう。しかしそれに比し、わたしにいわせればこの一文の直後につづく同書のポイントとなる一節は、案外にしられていない気がする。すなわち、されど世の中を広く見渡してみれば、現実には賢い人も愚かな人もいる、金持ちもいれば貧乏人もいる、「貴人」もいれば「下人」もいる。ならばこの違いはどこからくるのかとして、それがすなわち、ひとえに学問をするかしないかによるというところだ。

どういうことかといえば、福沢の『学問のすゝめ』では、今日、ここでいう人間の平等観念ばかりが記憶され、現実のその有り様にはさほど注意が向けられないきらいがある。つまり、機会の平等な社会における人それぞれの後天的努力で、それもとくに学問をするかしないかで社会的・経済的ポジションに偏差をもたらすというところがあまりしられていない。というか、すくなくとも後代の日本人にはどこかピンとこないのではないかということである。

この点につき、わたしはおしえている大学の学生たちへよくこんな比喩で説明している。たとえば、いま十万人のなかで「洋行」経験のある人は一人か二人しかいないとする。あるいはいまこの教室に二百五十人ほどの学生がいるが、かりにこのなかで英語のできる人は一人か二人しかいないとする。そして、福沢がこの著作の「第一編」を発表した明治の最初期のころ、実際におよそそんなところだったのだと。だから英語のできるその人が語学学校でも開くとか、横のものを縦にした本でも書くとかしてみればいったいどういうことになるか。というとおそらく、まさしく福沢その人のごとく、かれの学校にはワンサカ学生が集まり、かれの書いた本もえらく売れるだろう。そしてそれは、社会的な評判を博しもすれば、そのままその人の経済的成功もかなう結果をもたらす。つまり、福沢が『学問のすゝめ』を書いた時代は、学問が当時の言葉でいう「立身出世」へダイレクトにつながっていたんだというように。

さてまた、『学問のすゝめ』は、刊行当時福沢自ら、この本は幾多の海賊版が出回ったほど多くの日本人に読まれたものだったと豪語するとおり、たいへんなベストセラーとなっている。ならば、どうしてこれがそんなに売れに売れまくったのか。

それに関連することで、明治初頭のころの知識青年層のあいだで流行した俗謡に書生節というのがあった。すなわち「書生書生と軽蔑するな　末は参議か大臣か」というのがそれで、この意味合いは、いまは小汚い格好をした貧相な学生かもしれないが、われらはたちまち「立身出世」すること疑いなしの人材であるといった心情を吐露したものとみてもよい。つまり、この歌が示唆するごびとく、国家機構のいまだ整っていない明治初期のころにあっては、学問の希少的価値や効用およびそれによる社会の各領域における新規参入のチャンスや頂点的ポストへの同一化が容易な状況であり、また迅速な「立身出世」にもそれなりのリアリティがあったのである。というのも事実、いうところの維新三傑すなわち西郷隆盛、大久保利通、木戸孝允のように三十代で政治の表舞台へ躍りあがり、四十代で大臣参議という天下国家のトップに昇りつめるなんてロール・モデルも多々存在していたのだ。つまり、新時代における後天的努力の効用を説いた福沢の『学問のすゝめ』は、ためにに当時の青年の学問による「立身」の意欲をおおいに鼓舞し、ためにまた多くの人びとに読まれた最大の要因のひとつがあったのである。

とはいえ、当然ながら世はうつろう。やがて明治社会は維新直後という変革期特有の不安定かつ乱世的で荒々しい、いわばたたきあげの時代を脱してくる。つまり、日本の多くの領域におけるシステムが整ってきて、それに比例して安定した社会状況となってくる。

結果、どういうことになるか。そのことで、たとえば明治の思想家田岡嶺雲がこんなことをいっている。維新から三十年をへたいま、「世はまた人材の壅塞を見んとす。尊卑の門閥は既に維新の革命に破れたりと雖も、今日また新旧の別つの位置門閥を見る。旧進の者前に塞がつて、新進のもの進む能はず。進む能はざるの新進は益々多ふして、前に塞がるの旧進は動かざること依然。於是乎、新進の進む能はざるものは、相伴いて失意の壑中に陥らんとす」（田岡嶺雲「人材の壅塞」）。

これは、福沢諭吉が約束してくれたような「立身出世」のチャンスがもはや「旧進」によって独占されているという明治後半期の社会状況を語る一編にほかならない。逆にいえばこれは、社会のさまざまな近代的システムがそれなりにできあがっていたこと。しかもそれにつれて、学問を修得する高等教育機関の整備による、いわゆる学歴社会が到来して、かつてのたたきあげの時代——不規則な抜擢人事や制度の未完成ゆえの迅速な「立身出世」がおよそみられなくなっている事態を示唆しているものにほかならない。要するに、田岡嶺雲がこの一文を発表した明治三十年ころから（正確な初出は明治二十九年）、かつて福沢の説いた学問によるあっというまの「立身」や成功へのリアリティがそぞろ失われてきているのである。

同時にまたそのことは、「新進」＝「書生」＝青年の「立身出世」までのタイムスパンがより長期間を要するようになってきた時代状況を暗示してもいる。したがってこの状況は、ある意味で今日のそれと似通ったものとなってきたともいえよう。たとえば、それこそ学校を出て二十代の前半で就職し、三十代で係長、四十代で課長、五十代で部長、さらに運よくトップになれたとしても六十代だなんて状況に。むろん現代に生きるわれわれの多くは、これをしごく当然のことのように考えているだろう。しかし、反復するが、福沢が『学問のすゝめ』を書いた明治の初期はこうした状況ではなかったのである。それがかくのごとく「立身出世」するまでの時間がながくなってくると、当時の青年たちは考えだす。一生懸命に勉強をして、それも西欧伝来の学問を学び、高等学歴を身につけても、それがいったい自己のいかなる将来に帰結するのか。たとえば、政治のトップにたどりつくのはいつになるやら、いやそもそも天下国家の問題など、おのれ一身の人生といったいどんな関わりがあるというのかと。

かくして蘇峰のいう「我が一身」へ執着するような青年の登場となる。すなわち、「忠君何者ぞ、愛国何者ぞ。家庭も、国家も、社会も、世界も、我が一身より見れば、一毫毛にも値せざる」ものと叫ぶ大正の青年の出現となってきたのである。

煩悶青年から教養主義へ

明治初年の『学問のすゝめ』の効用言説にリアリティが失われてくる。つまり、明治も後半期になってくると、福沢その人のごとく西洋伝来の学問を学んだからといって、あるいは外国語ができるからといって、およそそのこと自体の意義にかつてのような十全たる確信がもてなくなってくる。すなわち、学問をすることが、しだいに社会的にも個人的にもさほど「立身出世」の役に立たなくなってきたのである（むろんまったく役に立たなかったというわけではないにしても）。

そしてそうなってくると、今度は青年たちのあいだにそもそも学問とは何かといったある種の懐疑が生じてくる。従来と異った不信がわいてくる。そこから学問や知識そのものに距離感をもって眺めようといった態度が発生するようになる。というのもそれまで学問というのは、たとえば政治制度、社会制度、経済制度、さらに自然科学等々、要するにおおむね天下国家に関わるものだった。しかるにそのこと自体への懐疑が生じ、かつまたそのことから学問への関心領域そのものも変化してくる。つまり、日露戦争の勝利に起因するある種の「目標喪失」によって社会全般の弛緩した空気が漂うようになってきたころ、いまでいう政治社会系の学問分野から、むしろもっと異なるタイプのもの……芸術とか文学とか、あるいは哲学とか宗教といった、天下国家よりもおのれの内面の充実に関わる分野へ関心が転換してきたというわけである。

より具体的にいえば、これは当時の青年たちの学ぶ学校、ことに次代のエリートたらんとする若者たちの通う旧制高校における学生文化の変容となって立ちあらわれてきた。この変化の要因は種々あったであろうが、ひとつは高級学歴を身につける人がしだいに増大してきて、それにつれて学問そのものの希少価値が逓減してきたこと。さらにいまひとつ、明治社会が歳月とともにしだいに完成されてきて、そのことにつれて政府機構というか、明治国家の規模がしだいに拡大・整備されてきたことも考えられる。

では、機構が整備され、国家が大きくなるとは、どういうことを意味しているか。というと、これもむろん色々あったわけだが、青年たちとの係りから端的にしぼっていえば、既記のとおり、かれらの「立身出世」するまでのタイムスパンが長引いてきたということがある。つまり、国家機構が整備されてくると、当然高等教育分野のそれも連動してくる。この領域のシステムが整ってくると、しだいにいまでいう受験戦争が激しくなってくる（ちなみに、受験戦争というのは、われわれが考えているほど新しい現象ではなく、明治二十年代からあって、明治三十年ころにはすでに多くの受験雑誌の発刊をみている＝Ｅ・Ｈ・キンモンス『立身出世の社会史』）。つまり試験が難しくなり、高等教育機関への門はどんどん狭くなってくる。おまけになんとか入学できたとしても、いまやたいして「出世」がかなわない。かりにかなったとしても、これからはうんと時間がかかりそうだ。とまあ、そうなってくると、おのれはいったい何のためにこんなに勉強しなければならないのか……かくして青年たちに人生への懐疑、すなわち往時にいうところの「人生問題」が噴出してくるようになる。

そうした「人生問題」でこのころの世相をにぎわし、ある意味で人心に多大の衝撃を与えたのが、有名な明治三十六年におけるかの哲学青年、藤村操の投身自殺事件となる。なにしろこの自殺の要因は、痴情のもつれや借金トラブルでもなく、まして天下国家への悲憤慷慨でもない。日光華厳の滝上の樹根へ「人生不可解」なる遺言をのこし、将来を約束されたような旧制高校（一高）の学生が自ら生を断ってしまったというわけで、なんだかよく解らないというか、これはどうも異様な時代になってきたというショックを人びとに与えたのである（竹内洋『〈日本の近代12〉学歴貴族の栄光と挫折』中央公論社、一九九九年、参照）。

のちに徳富蘇峰の『大正の青年と帝国の前途』（一九一六年）によっていっそう人口に膾炙する「煩悶青年」すなわち何ごとかに悶々として悩む若者を意味するこの言葉は、じつはちょうどそのころから世上に流布しだしている。この言葉はつまり、まさしく往時の青年たちのひとつの思想的トレンドを示唆していたものだったのだ。そして、この傾向がそのままかれらの多くの学問的関心が「人生問題」の解決を求める哲学や宗教といったタイプのそれへの転換へつながっていくのである。そしてこの変化は、やがてそのまま大正期の「教養主義」の流れへ連動していくのである。

とするなら、大正時代における「教養主義」の動向とは何か。これは、ひとことでいえば人生とは何ぞやという「人生問題」の解決を希求し、そのために先述の芸術とか文学とか、あるいは哲学とか宗教といった分野に触れ、個人の内面を練磨する。またそのことで自己の人間性を高め、人格を陶冶することで人生の意味を充実させていくという「主義」にほかならない。

ちなみに、この考え方は、たとえば「あの人は教養がある」とか「教養を身につける」とか「教養講座」といった言い方が示唆するとおり、ある意味で今日でも生きているようにおもう。たとえば、現在もよくテレビや新聞の広告などで、「豊かな人間性」とか「自分らしさを求めて」とか「自己実現」といった主旨のコピーを頻繁に目にするが、これは本来人間一人ひとりが持っているそれぞれの資質や可能性を発見し、これらを十全に発揮・練磨していかなければならないというセンスではないだろうか。つまり、日常生活に即座に役に立つことを勉強するとか、てっとり早く「出世」や金儲けにいそしむといった考え方とはべつに、真の人間性を確立することが重要なんだといった感覚である。とするならこれは、まさに「教養主義」的精神というかその別ヴァージョンというか、すくなくとも「教養主義」文化を源泉とするものとはいえよう。

さてそれはともかく、まさにその「教養」によって人格をみがいていくという考え方が、大正時代の高等学校の学生文化をかたち作っていく。で、学生文化がひとつの「文化」としていったん認知されると、それが個人の指向や意識に関わりなく学生たちを支配するようになることはいつの世も変わりはない。たとえば、自分は本来哲学や芸術にいっさい興味がないなどと自認していても、周囲の多くの者が哲学ジャンルの本を読んでいたりすれば、だれしもいやおうなしに感化される。あるいは感化されて実際にその種のテキストを読まないまでも、一応入手してきて本棚へ飾っておくといったことになる。そしてそれが、ひとつの「学生文化」をさらに確固としたものにしていくのである。

白樺派から大衆へ

ところで、大正時代は「教養主義」と並行するかたちでいまひとつ、いわゆる「白樺派」のムーヴメントがあったことも広く知られているところだろう。また、「白樺派」は「教養主義」のように官立の旧制高校の青年たちではなく、戦前の学習院の高等科で学ぶ学生たちの担った文化的動向のことで、たとえば武者公路実篤とか有島武郎といった人びとがその中心人物だったことも（ちなみに、こちらは「教養主義」の人たちの傾倒した哲学よりも、たとえばロダンとかゲーテとか、むしろ芸術分野へ関心の比重があった）。そしてこれが、「教養主義」と並んでこの時代の精神を特徴づける大きな文化的動向のひとつだったのである。

ではこの動向、もっと大きなパラダイムからみるとどういうものだったか。というとそれは、思想史家坂本多加雄のいうごとくいうなれば多忙にたいするゆとり、あるいは余暇や遊びというか、そういう精神の在り方を評価すること。あるいはその種の視点が生まれたということだろう。俗な言い方をすれば、人間食べて呑んで寝て、次の日は働いてまた食べて呑んで寝てと、要するに生きていくためにただひたすら稼いでばかりというせわしなく忙しい生活に終始するばかりでよいのかという観点の発生である。

もっとも、歴史的に人間ひいては人類社会はおよそ貧乏で、また貧しいがゆえにおおむね多忙であることも間違いない。ゆえに働いていないと、なんとはなしに罪悪みたいなセンスが主流で、概して人類社会では一貫して多忙を評価し、ゆとりや閑暇の考え方をどことなく否定的にみる。むろん明治の日本社会も大体において貧しく、ために一貫してえらく忙しい。ためにまたほとんどゆとりだの遊びだの、それこそそんな精神を評価するゆとりそのものの余地がなかったのである。つまり、大正期の「教養主義」と「白樺派」のムーヴメントの本質はなにかといえば、近代日本において、いわばゆとりや余暇の感覚の有する生活に直接役に立たない時間や、即座に実生活への効用のない営為の意義が発見され、かつ見直されたものだったということになる。

そのことを示唆する一例として、たとえばこの時期、「教養主義」の立場に立つ阿部次郎らへ影響をあたえた夏目漱石にも「ゆとりある小説」という考え方がある。すなわち、漱石によれば、およそものごとを「セッパ詰つた」観点からとらえるのではなく、まさにゆとりをもって描く「逼《せま》らない小説」というものがありえるし、これが「余裕のある小説」なのだというように（高浜虚子『鶏頭』序）。漱石は、文学でも、作中人物へ距離をおいてある種のおかしみやユーモアをもって眺める作品があってもよく、またそんな態度が必要でもあるとのべ、そうした視点を「低徊《ていかい》趣味」と呼んだのである。つまり平たくいえば、ものごとをあまり深刻ぶらず、ゆとりをもって眺め楽しむということにほかならない。そして「教養主義」や「白樺派」の精神も、近代日本においてはじめて出現したその種のゆとりの文化、遊びの文化を評価するものとなっているのである（ちなみに、われわれはよくあの部屋には遊びがあるとか、自動車のハンドルへ遊びがあるとか口にするが、これは広くて余裕があり、ゆとりがあるという謂となるのが示唆的だろう）。

さてしかし、大正期の知識人や高等教育に預かる青年層へかくのごとくゆとりや余暇、遊び心を評価する文化が誕生し、拡散していったとしても、ならば当の「教養主義」や「白樺派」に属するような人たちが、こうした文化をなんのてらいもなく、いっさいの留保もなく呑気にひたりきっていたかといえば、じつはそこにひとつの問題があったのである。

どういう問題かといえば、たとえば右にみたゆとりや余暇の文化を謳歌した青年たちは、旧制高校や戦前の学習院へ通う学生たちだったわけで、往時の日本にあってすこぶる恵まれた家の師弟たちといってよい。したがってむろん、こういう階層の青年たちこそ、そうした遊びの文化を楽しんでもよいはずだが、一方で当時の日本社会全体をみわたしてみると、疑いもなくほとんどの人びとは日々これ稼ぐことに忙しい。つまり、おおむね貧しい社会状況にあるといってよい。それによく考えてみれば、このころ若年世代で中学校へ進学できる子どもでさえ地方で一三パーセント、都市部でも三〇パーセントくらいでしかない（中村忠一『大学崩壊と学力低下で専門学校の時代が来た』参照）。逆にいえば、残る七割から八割の同世代は、十三歳くらいから丁稚奉公や町工場へ稼ぎにいく時代であって、つまりは日々せわしなくも多忙で、ゆとりだの遊びだのといっていられない。

実際、いまでも生活していくことを食べていくというけれど、メシを食うとはよくぞいったもので、まさに日本人全体メシを食えるかどうかというような状況だったから、結局これがどんな日本人の脳裡からも離れない。つまり、「教養主義」や「白樺派」を担う青年たちも、かかる恵まれた少数者の立場にあって、教養だのゆとりだのを口にして現実にもその種の文化を謳歌しつつも、そこにある種のうしろめたさがあったのである。

しかも他方で、皮肉なことに明治末期から大正期という時代は、じつはこうした少数者に対抗する多数者の観念、すなわち大衆という観念の出現と形成をみた時代でもあった。つまり明治後半からの時代は、そもそもは群衆というイメージなり言葉から大衆というおびただしい人びとという存在が社会的視野のなかへ飛び込んできた時代でもあったのである。

では、この膨大な多数者……いわば人がワンサカ群れて存在しているというこの観念は、いったいどこにその起源があったか。というと多くの研究は、明治三十八年の日露戦争終結直後におけるポーツマス講和条約へ反対する東京での民衆の騒乱事件、つまり日比谷焼き打ち事件にあるとし、かつまたこれが定説となっている（高橋雄豺『明治警察史研究2　明治三十八年の日比谷騒擾事件』令文社、一九六二年）。

そのことに関連して、あまり知られていないんだが、この事件の遠因のひとつに、明治三十四年の日比谷公園の完成があった。すなわち、それまで東京へ大群衆の集結を可能にするような場所はなかったのが、これで一度に多くの人間の集まる物理的条件が整ったというわけだ。そして実際に、ここへ集合の群衆が、当時の外相小村寿太郎の苦心してまとめた日露間の講和条約に反対し、戦争継続を訴えて反政府の抗議集会を開催したのだった（ちなみに、当時の日本人の講話反対の背景に、一般国民へわが軍の戦力が尽きている事実を知らされていないことがあったのはよく知られている）。で、この集会が日比谷周辺での大暴動へ拡大。群衆が有楽町界隈へ奔出し、そのころ銀座八丁目にあった徳富蘇峰経営の『国民新聞』社屋へ焼き打ちをかけるといった大騒乱事件となったのである（ちなみにまた、この襲撃は当時『国民新聞』が、唯一講話条約賛成の論陣を張ったゆえだったのはいうまでもない）。そして、これによってわが国ではじめて目にみえるかたちでの多数の群衆という実際の現象が、そのままひとつのあたらしい精神的感覚として社会へ拡散・定着していったというわけだ。

しかもこのイメージは、当初文字どおり物理的に多数の人間が集合しているというものだったのが、やがて大衆という概念へ転化していく。しかもまた、これをもっと具体的にいえば、この世の中には、大衆という名の無数の貧しい人びとがいる。この貧しい人びとの集合体には、ある種の不気味なエネルギーが秘められていて、これが一歩間違えば、日比谷の大暴動でみられたようなエネルギーをマグマのように胎動させている大衆がいる。とまあ、こんな感覚が社会に顕在化してきたのである。

つまり、明治初期の時代には人びとの個人の力量によってさまざまな社会的・国家的活動をやるんだという信念が横溢していたのにたいして、明治もこの時期になると、そうした個人のタレントでそうした大衆のなかでなにかに対処していくのはとても限られてきて、非常に難しくなってきている。そして、この感覚がじつは、多数の貧乏な人びとと数すくない恵まれた自己という対比が、いやがおうでも時代の知識青年たちに印象づけられていくのである。

自然主義と大正・大衆時代

明治の末期、日本社会に大衆という概念が涌出し、拡散・定着してきたということはすでにのべた。つまり、この世の中には大衆という名の無数の貧しい人びとがいる。しかもそこには、ある種の暗く不気味なエネルギーが潜んでいて、これが一歩間違えると、日露戦争直後に発生のいわゆる日比谷焼き打ち事件のごとき爆発的な噴火現象となって立ち現れてくるではないか……そんな社会的空気が醸成されていたのである。

そしてそのことが、これまでみてきた大正期のエリート予備軍たる青年たちのあいだに、膨大な貧しい人びととすこぶる限られた自分たちという対比をいやおうなしに印象づけることになる。つまり、かれらのあいだに、かかる大衆の時代にあっては、明治前半期におけるオピニオン・リーダーたちの力説したようなひとりの個人としての力量などいかほどのものかとか、そんなものはこの大衆のまえでは無力なものではないかとか、そんな懐疑も生じてくる。連動してしかも、この時代は明治の初期のころのような社会全般のめざましい上昇気運が消滅している。別言すれば、世の中はそれなりに安定してきて、もはやさほど変化しなくなっている、いやむしろ変化すべくもないだろうというおもいも漂いはじめたのだった。

逆にみれば、こういうことだろう。すなわち、明治前半期の日本社会というのは、実は世界史上でも希なほどのタイヘンな高度成長の時代だったのである。

で、この点についても、わたしは学生たちへよくこんなふうに説明している。われわれはいまイノヴエーションの時代にあるといわれてひさしい。卑近な事例でいえば、たとえば液晶テレビやワンセグ商品、ＰＣやスマートフォンのような情報機器、新幹線やリニア・モーターカー等々、めまぐるしく、かつおびただしく文明の利器（と称するもの）が出現する。しかしよく考えてみれば、これらは戦後の昭和期における高度経済成長のころに出現した既知のもののヴァリエーションというか、いわばどれもみなそのヴァージョンアップなりグレードアップしたものでしかないと。

それに比し、明治初期のいわゆる文明開化期以降のそれはどういうものだったか。というと、とにかくあの時代の日本は目にみえて世相が変わっていく。ドンドコ驚くほど激変していく。たとえば、五年まえに日本人のほとんどがただの一度も見たこともない蒸気機関車が走りだす。それまで外国の本で勉強してきただけだった銀行だの議会だのが出現する。ガス灯だの電信柱だの、あるいは東京の銀座へ足を運んだら煉瓦造りのビルだの洋食屋だのと、要するにすべてがまったく新奇なものだらけといってよいすさまじい変化の時代だったのである（くり返すが、われわれの目撃しているテレビが小型化したり電子化したりとか、電車がスマートになり速度が速くなったりとかいうのは、どれも既存のものや、なにがしかそのプロトタイプの了解されていた次元のものでしかない）。

しかもこの点で重要なのは、この超高度成長がイコール進歩なんだと考えられていたことだろう。つまり、変化がそのまま急速に近代化＝西欧社会に近づいているという実感であり、ある種の目標へ向かって日本の世の中はどんどん進歩しているというブライトなイメージである。比喩的にいえば、まさしく司馬遼太郎が『坂の上の雲』（一九六八〜七二年）で描いていたあのイメージだ。

ところが、それこそ『坂の上の雲』の物語にピリオドが打たれた明治も末期近くなってくると、そうした超高度成長にもひとつの成熟期が到来する。つまり、日本の多くの領域におけるさまざまなシステムが整ってきて、それまで目指してきた社会というものがいったんできあがってくる。そして、これまで幾度か指摘してきたとおり、それに伴って社会の各領域において人びとの一躍「立身出世」のチャンスが逓減し、またかりに「出世」がかなうとしてもそれにえらく時間も要することになってくる。そしてまた、これらがあいまって、この世の中はじつはあまりかわりばえしないというか、これからの日本人はもうたいてい同じようなことをくり返していくだけじゃないかといったある種の停滞感なり閉塞感が漂うようになってきたのである。

こうしたセンスは、ではいったいどういうところへあらわれているか。というとそこで立ちあらわれてきたのが、文化面における自然主義文学となる。つまり、まさにこの時期に出現した田山花袋や正宗白鳥、徳田秋声や島崎藤村といった作家たちの一連の小説作品のことだ。別言するなら、おしなべて変事がない、かわりばえしない日々の空虚を描くいかにも湿っぽい作品群の出現と流行である。

実際、たとえば自然主義の代表的作家のひとり、田山花袋の『田舎教師』（一九〇九年）を読んでも、群馬県の足利における文字どおり田舎の教師のほとんどなんの変哲もない日常の連続で、なんだかうっとおしい。なんの変化もなくだらだらと時間が過ぎていく日々を記す小説じゃないかといった印象がある。あるいは、右に例示した徳田秋声や正宗白鳥のそれにしても、日々なんの目標もなく過ぎていく私的世界を描いていて、どこか気鬱なおもいにとらわれるものがほとんどといってよい。

そういえば、往時のこの分野における理論家のひとりだった長谷川天渓は、この文学動向につきつぎのように評している。自然主義は「自分の見たるまゝの真を写す」ことを課題としていて、その理念は「無理想・無解決」とか「未解決の人生」にある。なぜといって、そもそも現実の人生に「理想」や「解決」なんかないし、人の日常にそうした事柄へ到達する筋などありはしないからだというわけで（長谷川天渓「近時小説壇の傾向」一九〇八年）。

まことにしかりとわたしはおもう。というのも、普段われわれは、たとえば毎日のように放映されているテレビのサスペンス・ドラマではないけれど、およそ日々何事かがあり、また問題が起きるとなにか行動を起こしてさまざまな障害を乗りこえ、ひとまずの解決をみる。とそんなパターンで物事をとらえている。たとえば、殺人事件が発生すればなにがしかの捜査がなされ、かならず犯人が捕まるという物語を連想するというように。しかるに自然主義文学では、およそそうした序破急、起承転結のような筋がない。時間の始まりと終わりがないというか、どこかそんな印象がある。つまり長谷川のいうごとく、自然主義文学にはそんな筋なんかないし、そもそもそんなことを描くつもりもない。なぜなら現実の人生にはプロットなどありはしない、ある種の目標などありそうでないし、現実のひとの日常は、それこそなんの変化もなくだらだらデレデレと時間が過ぎていくだけなんだというわけである。

しかもまた、まさしくそうした現実の日常の世界を「ありのまま」に「露骨」に表出することこそ文学の使命なんだというのが、自然主義作家の主張だった。たとえば、このジャンルで有名なあの田山花袋はいう。現実を描くのに「技巧」は不要であり「描写が飽までも大胆に、飽までも露骨」でなければならない。なぜなら「事愈々俗なれば文愈々俗、想愈々露骨なれば文愈々露骨なるは自然の勢」なんだからと（「露骨なる描写」）。したがってそうした「露骨」な現実から遊離して、なまじ理想や目標があり、かつそうしたことが達成されるような小説を書くことなど、むしろ欺瞞であるというわけである。

というしだいで、この自然主義文学というのは、じつはちょうどこのころ人間の「理想」や「解決」を目していた教養主義や白樺派のコスモポリタン的な作品群と並んで、やはり明治末期から大正期にかけての日本人のある種の気分のあらわれだったのである。あるいは、日本社会を覆っていたひとつの思潮だったともいえよう。

この点に関してはいまひとつ、これまでみた明治社会のひとまずの完成ということと並んで、いま一度日露戦争の勝利がすこぶる大きかったことも強調しておかなければならないだろう。それというのもこの勝利は、日本の明治維新以降の対外問題における最大の課題のひとつが解決をみたということ。さらに対ロシアという観点からいえば、もっと古くからの幕末期以来の日本人の念願がかなったともいえるからだ。すなわち、日本が江戸時代に真っ先に衝突した外国は、じつはロシアだったのである。より具体的には、そもそも十八世紀末から十九世紀初頭にかけて、ロシアのラクスマンやレザノフがわが北方近海へ出没・来航をみていたわけだが、文化四（一八〇七）年、ロシア軍艦が択捉島や樺太へ来航。略奪や放火事件を起こす。そこで幕府側は、ロシア船の艦長ゴロウニンを捕らえ、ロシアはロシアで、その報復として廻船業者の高田屋嘉兵衛を捕らえるといった事変があり、日露間でにわかに緊張が増大する（『ゴロウニン日本幽囚記』一八一六年、参照）。ところが、周知のとおり、そのさなかにヨーロッパ大陸でナポレオンのモスクワ侵攻が開始され、ロシアは極東で日本にあたる余裕を失い、以後日露関の対立がいったん収拾の態をみせる（ちなみに、右の高田屋嘉兵衛はゴロウニンと交換で釈放されている）。といったような経緯等々で、とにかくロシアの北方からの南下という事態は、十九世紀以来一貫して日本の対外関係における最大の課題だったわけだが、これが日露戦争の勝利によってひとまず解決する。しかもこれは、ロシアのような世界の大国を負かしたんだというわけで、日本はいわゆる一等国の仲間入りを果たしたとなる。それで、いうなれば日本はながい間の対外的課題がなにかほとんど解決したかのような気分に覆われたのだった（ちなみに、わが国における対アメリカという課題の出現が日露戦争以降だったことは説明不要だろう)。

かくて、日本にある種の緩みが生じてくる。すなわち、明治維新以来のさまざまなレベルにおける国内社会の一応の完成と国際関係における緊張緩和とが重なって、ある種の「目標喪失」の気分が漂ってくる。そしてまさにこの空気へいちはやく警鐘を打ち鳴らした当時の代表的論客のひとりが、冒頭にあげておいた徳富蘇峰だったのである。

むろんこうした時勢への危惧は、ひとり蘇峰のみならず、たとえば同時代のヒストリアン、三宅雪嶺や山路愛山等、多くの文人たちの記すところでもあった。そして、こうした明治の文人たちの危惧が危惧として終らないことになってしまうのはおわかりのところだろう。すなわち、明治の終焉を迎えたあとの知識青年の多くは、やがてどこか半端ないわゆるマルクス・ボーイへ転じていったこと。そして大正世代のかれらこそ、長じてさきの大戦で日本をスッテンテンに導いたこともいうまでもないところだろう。

本項の過半は、坂本多加雄『知識人』(一九九六年)とかれの直接のレクチャーに多くを負っている。

あとがき

本書は、以前に上梓の小著『おもしろい歴史物語を読もう』（NTT出版）のいわば小説物語編を企図している。つまり、先著のテーマとなっている術語にいう明治の「硬文学」から離れて、主として明治の小説作品を採りあげたものである。むろん、本書の第一章（序にかえて）でも言及させていただいたとおり、わたしが心からおもしろいとおもえた小説作品を中心としている。また、やはり「序」でふれておいたとおり、そもそもわたしが、門外漢のひとりの読書人として明治の小説を手あたりしだいに読み耽るようになったのは、専門とする近代思想史研究の補助的作業からだった。そしてそこでの気付きが、それまでゼンゼンおもいもよらなかった明治の小説作品のおもしろさだったというわけである。

そのことで、遠い昔の青春のころから現在にいたるまでそれなりに熱心な小説ファンだったわたしのお気に入りのジャンルは、一貫して歴史ものを中心としたいわゆる大衆文学となる。そうして、古くからのこの娯楽としての趣味嗜好が思想史への興味へと転じていき、結局近代日本の歴史物語への没頭へといきつくことになる。ただ、そうなっても長いあいだ小説で手にとるのは現代作家の作品一辺倒で、近代思想史の類縁関係というか、近接分野にあたる日本文学にはとんと関心が向かなかった。しかるにこれがにわかに一変してしまう経緯も、やはり「序」に記したところなんだが、じつはこれにはいまひとつこんな契機というか、伏線もあった。それがすなわち、かつてわたしが長く教えを受けた亡き思想史家、坂本多加雄の教唆というか、かれの蒐書スタイルを学んだことである。

坂本は、人も知るそれはもう驚くべき読書家だったけれど、わたしのみるところそれプラス「本好きというより古本好き」（評論家、粕谷一希の言）のタイヘンなブック・コレクターでもあった。しかもその蒐集領域は、かれの専門となる近代日本政治思想関連のテキストに限定されず、まことに多岐にわたっていた。そこで、ことにわたしの目を引いたのが、和洋を問わない近代文学にかかわるかれの該博な知識とそのもとになる大量かつ多彩なブック・コレクションだった。

あるときわたしは、坂本の研究室の書架に並ぶ正宗白鳥や島崎藤村、徳田秋声といった自然主義文学のおびただしくもうす汚れた書の背表紙へ目をやりながら、「先生はいったいなんでこんなものまで読んでいるんですか」と訊いたことがある。するとひとこと、「なに、安く買えるからね」という。つまり、たとえば学校の教科書でしか目にしないような古典的小説作品収録の、中央公論社『日本の文学』シリーズや、筑摩書房『現代日本文學全集』なんて、端本ならほとんどタダ同然で購入できるというのである。へえ、そうなんだとなって、それからというものわたしもそれまでまるで関心のなかった神保町界隈の歩道へはみだす、古書肆のいわゆるゾッキ本の陳列箱を冷やかすようになる。そうして、実際にその手の箱からまさしくたいていカンコーヒーくらいの値付けだった文学全集の端本をはじめ、さまざまなタイプにおよぶ明治の小説本の講読・乱読に至ったのだった（ちなみに、およそこの種の本はブック・オフではみかけない。またリアル古書店に並ぶ名作とされる古い小説本はいまでもホントに安い。さらにちなみになんだが、アマゾンで購入できる名作の文庫古本などそれこそタダ同然とさえおもえる！）。

さてそんなしだいで、ここでそうした乱読・雑読によってわたしなりに感得してきた明治文学全体の見取り図についてごく簡略にスケッチしておこう。

明治の小説は、大体十八年ころまでは近世江戸期の文学の継承と、西洋文学の翻訳および翻案以外とくにいうべきことがない。明治十年代までの作家といえば、たとえば笠亭仙花、仮名垣魯文などがおもい浮かぶんだが、その中身は「読本」「草双紙」のごとき旧式をほとんど脱していない。また、その思想も滝沢（曲亭）馬琴式の勧善懲悪のパターンから一歩も抜け出ていないようにもおもう。

ついで小説が近代社会における文化的勢力の一種として認知されてきたのは、新聞がメディアとして威力を確保しはじめた明治十年前後からで、それがいまでいう新聞小説であり、当時にいう新聞掲載の「読物」だった。このころからの小説ではしかし、むしろそうした「読物」よりも西洋文学の移入という動向に注目すべきだろう。すなわちそれが、いわゆる翻訳ものというやつで、たいてい英国のウォルター・スコットやリットンといった歴史小説家の作品をタネにしたものだった。これらは、そうした小説の作風に政治的色彩が濃いところに特徴がある。そしてこれらは、そのころの国民的関心がもっぱら政治にあったことを示唆していて、その適例となるのが往時の政治小説ブームとなる。具体的にいえば、たとえば本書でも採りあげた東海散士『佳人の奇偶』であり、末広鉄腸の有名な『雪中梅』である。

そうして明治十八年、このころの文学史を叙するものがひとしなみ特筆する坪内逍遥の『小説神髄』出現へと至る。すなわちこれが、それまでの文学を考査のうえ、近代の小説というものの本質と理想を説いて、かつその後の小説の向かうべき方向も示し、しかも実際にわが国における小説のあり方に一大変化を促したというわけで。

そのことで、たとえば明治文学に詳しい文芸評論家の木村毅はいう。かつて高山樗牛が「逍遥一度び出て小説神髄と書生気質とを著して勧懲主義の誤謬を極論し、写実小説の嚆矢を開きてより一世靡然としてこれに赴き、小説壇の旗幟為に一変せり」といっているが、これはまことにしかりであって、そもそもこれがそれまでの「読本」「草双紙」「読物」転じて、名称・内実共どもも、今日われわれの抱く「小説」というものの概念を定着させたのである（『小説研究十六講』）。

かくて明治二十年代になると、段々われわれもすくなくともタイトルと作家名だけは知っているような小説作品の続々登場となる。たとえば、逍遥の小説観をなにがしか反映させた二葉亭四迷、尾崎紅葉、幸田露伴、饗庭篁村らの近代的小説であり、あるいは黒岩涙香の「西洋探偵小説」の翻案ものであり、高山樗牛の新しいタイプの歴史小説である。さらに明治三十年前後からは、もっとなじみ深い小説群の出現となって、たとえばやはり本書でも採りあげてみた尾崎紅葉主宰の硯友社の傘下にあった泉鏡花や小栗風葉、女流作家の樋口一葉、さらにキリスト教的な清新味を打ち出した徳富蘆花らの小説がそれである。

本書最終章でやや詳しく論じておいたとおり、明治末期の日露戦争後の社会に漂いだした停滞感に連動して、わが国の文壇に坪内逍遥の『小説神髄』以来の一大変革を促進したのが自然主義の流行だったことはいうまでもないところだろう。つまり、その代表格が、田山花袋であり、島崎藤村、正宗白鳥、徳田秋声らだったことも（ちなみに、ちょうどそのころから自然主義に対峙して活躍の夏目漱石については説明不要だろう）。

ところで、以上超駆け足でわたしなりの明治文学の流れをざっとおさらいしてみたんだが、ここで右にチラと紹介の木村毅は、明治年間の数ある作家のなかで、「私はまず二葉亭と露伴と鏡花と独歩を推すもの」だと明言している（前掲書）。いかにもで、たしかにかれのこのフェイヴァリット・ライター・リストにはわたしも異論がない。ただ、わたしならあえてそこに徳富蘆花と明治末期に登場の永井荷風をプラスしたくなる。むろんこれも、あくまでわたしだけの嗜好であろうし、人に強いるつもりもない。それにわたし自身の好む明治のおもしろい物語の核心的一端は、まさに本書で表明しているつもりなのだから。

ところでまた、ちょうどいま明治一五〇年とか。本書でもくり返し言及したところなんだが、おもうに明治という時代の小説は、一般にその長年月の経過からイメージされているほどカビくさいものでもなければ、全然ムツカシイものでもない。それどころか娯楽としての小説という意味も含めて、現代の読書人を待ちうけている宝の山——忘れ去られたおもしろい物語はホントにいっぱいある。最後にいま一度そのことを、すなわち本書上梓の主旨を訴えておきたいとおもう。

なお、本書は『表現者』通巻第四二号（平成二十四年五月号）から通巻五六号（平成二十六年九月号）までの連載から収録作品をセレクトして加筆したものである。また、第二章「国木田独歩『愛弟通信』」の初出もやはり『表現者』通巻第二四号（平成二十一年五月号）で、これも大幅に加筆・改訂を加えている。さらに本文でも付記したとおり、最終章「明治精神の終焉」は、坂本多加雄『知識人』（読売新聞社）に多くを負っており、また学部・大学院を通じて一貫して教えを受けた坂本からのレクチャー・ノートを大いに参照している。

引用文献は、適宜現在通行の用字とし句読点をつけた。使用テキストは、可能な限り現在比較的入手容易な文庫等をセレクトしてある。

本書の制作は、論創社の志賀信夫氏の手を煩わせた。記して感謝をのべたい。また、この業界でわたしが坂本多加雄以外でただひとり親愛と尊敬の念をいだいている文芸評論家、富岡幸一郎氏にも同様のおもいがある。そもそも『表現者』の連載出版の慫慂は富岡氏によるもので、ここに改めて深甚の謝意を表しておきたい。

平成三十年三月吉日　坂本多加雄先生亡き十六年の歳月をへた桜花満開の日

杉原志啓

【主要参考文献】

第一章

徳富健次郎、徳富愛『小説富士』福永書店、一九二六年
徳富猪一郎『蘇峰自伝』中央公論社、一九三五年
生方敏郎『明治大正見聞史』中公文庫、一九七八年
十川信介編『明治文学回想集（下）』岩波文庫、一九九九年
徳富蘇峰『弟　徳富蘆花』中央公論社、一九九七年
坪内祐三『文庫本福袋』文春文庫、二〇〇七年

第二章

松本清張『半生の記』新潮文庫、一九七〇年
伊藤正徳『大海軍を想う』文藝春秋新社、一九五六年
朝井佐智子「清国北洋艦隊来航とその影響」『愛知淑徳大学現代社会研究科研究報告』現代社会研究科出版・編集委員会編、二〇〇九年
安岡昭男「明治十九年長崎清国水兵争闘事件」『法政大学文学部紀要36』法政大学文学部、二〇〇九年
国木田独歩『国木田独歩全集［第七巻］欺かざるの記』学習研究社、一九六六年

第三章
丸岡九華「硯友社の文学運動」前掲『明治文学回想集（下）』
水上瀧太郎「鏡花世界瞥見」成瀬正勝編『明治文学全集21 泉鏡花集』筑摩書房、一九六六年
里見弴「解説」泉鏡花『婦系図』所収、岩波文庫、一九九〇年

第四章
伊藤整『日本文壇史7 硯友社の時代終る』講談社学術文庫、一九九五年
勝本清一郎『近代文学ノート　第3巻』みすず書房、一九八〇年
松本清張『文豪』文春文庫、二〇〇〇年
蘇峰徳富猪一郎『好書品題』民友社、一九一四年
木村毅『私の文學回顧録』青蛙房、一九七九年
杉本秀太郎「解説」尾崎紅葉『金色夜叉（下）』岩波文庫、二〇〇三年

第五章
『五十人の「新聞人」』電通、一九五五年
高野静子『蘇峰とその時代』中央公論社、一九八八年
坪内逍遥『小説神髄』岩波文庫、二〇一〇年
前田愛『近代日本の文学空間』平凡社、二〇〇四年
徳富蘇峰『読書法』講談社学術文庫、一九八一年

【主要参考文献】

第六章
浅田次郎『蒼穹の昴（上）』講談社、二〇〇四年
石光真人編著『ある明治人の記録　会津人柴五郎の生涯』中公新書、一九七一年
徳富蘇峰『文学断片』民友社、一八九四年
中村光夫『明治文学史』筑摩書房、一九六三年
橋川文三「明治のナショナリズムと文学」『橋川文三著作集2』、筑摩書房、一九八五年

第七章
杉山正明『モンゴル帝国の興亡（上）（下）』講談社現代新書、一九九六年
蘇峰學人「歴史上より見たる日本と支那」『蘇峰会誌』第三年第一輯、一九三二年
中村黎『大東亜戦争への道』展転社、一九九〇年
白柳秀湖『定版　民族日本歴史　戦国編』千倉書房、一九三八年

第八章
池内宏『文禄慶長の役　正編第一』復刊版、吉川弘文館、一九八七年
柳田泉編、カーライル『英雄及び英雄崇拝』再版、春秋社、一九五〇年
『現代日本文学大系6 北村透谷　山路愛山集』筑摩書房、一九六〇年
煙山専太郎『英雄豪傑論』東紅書院、一九一三年

加藤咄堂『英雄と修養』東亜書房、一九一五年

第八章

『蘇峰文選』民友社、一九一五年
徳富蘇峰『大正の青年と帝国の前途』民友社、一九一六年
S・ウォシュバン『乃木大将と日本人』講談社学術文庫、一九八〇年
福沢諭吉『学問のすゝめ』岩波文庫、一九七八年
田岡嶺雲「人材の壅塞」『明治文学全集83　社会主義文学集（一）』筑摩書房、一九六五年
E・H・キンモンス著、広田照幸、加藤潤、伊藤彰浩、高橋一郎訳『立身出世の社会史』玉川大学出版部、一九九五年
高橋雄豺『明治警察史研究2　明治三十八年の日比谷騒擾事件』令文社、一九七六年
長谷川天渓『長谷川天渓文芸評論集』岩波文庫、一九五五年
坂本多加雄『知識人』読売新聞社、一九九六年

杉原志啓（すぎはら・ゆきひろ）
1951年山形県生まれ。学習院大学大学院政治学研究科博士課程修了。音楽評論家。現在学習院女子大学講師（日本政治思想史専攻）。著書『蘇峰と「近世日本国民史」――「大記者」の修史事業』（都市出版）、『おもしろい歴史物語を読もう』（NTT出版）。訳書：ビン・シン著『評伝徳富蘇峰』（岩波書店）。共著『新地球日本史』（サンケイ出版サービス）、編著『坂本多加雄選集』Ⅰ、Ⅱ（藤原書店）、『稀代のジャーナリスト　徳富蘇峰』（藤原書店）。音楽著書『音楽幸福論』（学習研究社）、『音楽の記憶』（アーツアンドクラフツ）。音楽訳書：ポール・M・サモン編『エルヴィスとは誰か』（音楽之友社）。音楽共著『イチローと村上春樹は、いつビートルズを聴いたか』（PHP研究所）他。各種論壇誌、音楽誌に多数寄稿

波瀾万丈の明治小説

2018年6月10日　初版第1刷印刷
2018年6月20日　初版第1刷発行

著　者　杉原志啓
発行人　森下紀夫
発行所　論 創 社
〒101-0051 東京都千代田区神田神保町 2-23　北井ビル 2F
TEL：03-3264-5254　FAX：03-3264-5232　振替口座　00160-1-155266
装幀／奥定泰之
印刷・製本／中央精版印刷
組版／フレックスアート
ISBN978-4-8460-1690-6　